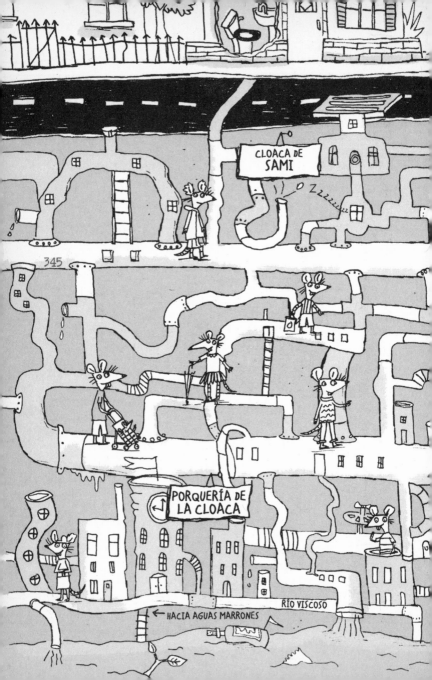

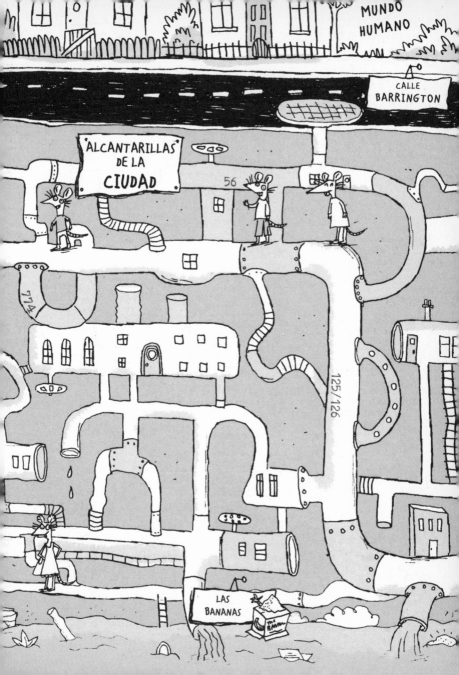

A mi pequeño

humano

Sami Superpestes

HÉROE DE ALCANTARILLA

Escrito e ilustrado por

HANNAH SHAW

B DE BLOK

Barcelona • Madrid • Bogotá • Buenos Aires • Caracas • México D. F.
Miami • Montevideo • Santiago de Chile

Título original: *Stan Stinky*
Traducción: Máximo González Lavarello
1.ª edición: febrero 2015

Texto e ilustraciones © Hannah Shaw, 2014
© Ediciones B, S. A., 2015
    para el sello B de Blok
    Consell de Cent 425-427 - 08009 Barcelona (España)
    www.edicionesb.com

Printed in Spain
ISBN: 978-84-16075-14-0
DL B 204-2015

Impreso por QP PRINT

Capítulo 1
Sami Superpestes
y su cloaca

Pregunta: ¿Qué es esto?

Posibles respuestas:

a) Una alcantarilla, evidentemente.

b) La entrada a un mundo subterráneo secreto.

c) La entrada al dormitorio de alguien.

Y la respuesta correcta es... ¡las tres!

Sí, claro, es una alcantarilla,

pero...

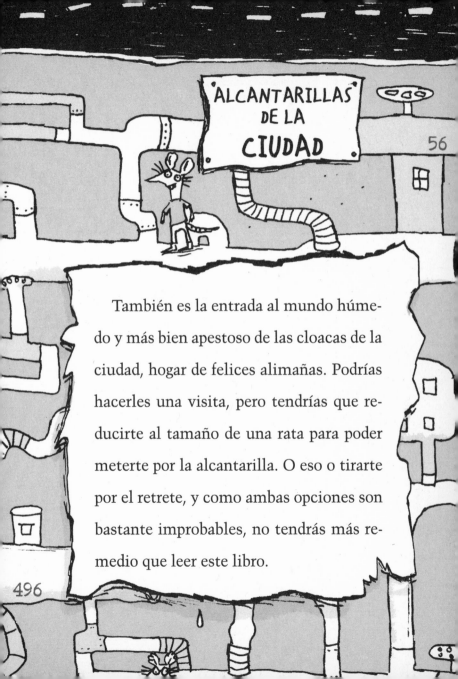

ALCANTARILLAS DE LA CIUDAD

También es la entrada al mundo húmedo y más bien apestoso de las cloacas de la ciudad, hogar de felices alimañas. Podrías hacerles una visita, pero tendrías que reducirte al tamaño de una rata para poder meterte por la alcantarilla. O eso o tirarte por el retrete, y como ambas opciones son bastante improbables, no tendrás más remedio que leer este libro.

Por esa alcantarilla también se llega a un dormitorio. De noche, si uno escucha con atención, puede oírse roncar a una ratita, dormida en su saco de bolsa de patatas chips.

¡Esa rata es Sami Superpestes!

Esa noche en particular, Sami estaba teniendo un sueño maravilloso. Se encontraba en una isla paradisíaca, surfeando sobre una ola enorme, mientras, en la orilla, todos gritaban su nombre. «¡Vamos, Sami Superpestes!», decían.

¡Chof! La ola rompió y Sami cayó al agua.

Mientras trataba con todas sus fuerzas de no ahogarse, Sami deseó que el sueño terminara enseguida. La cuestión era que, al contrario que la mayoría de ratas, él no sabía nadar.

Plic... plic... plic... Sami se despertó.

Abrió los ojos y se dio cuenta de que le estaba cayendo agua en la cabeza. Su habitación volvía a tener goteras, uno de los problemas de vivir en la tubería de una cloaca.

Sami recordó su sueño, suspiró, se quitó una pulga de la oreja y se tapó la cabeza con su manta de celofán. Era el segundo día de vacaciones de la escuela para ratas, pero Sami no tenía ganas de levantarse de la cama. Estaba harto, y solo hacía falta leer el diario que le habían mandado hacer en la escuela para darse cuenta del motivo.

MI VERANO por Sami Superpestes.

Querido diario:

Mi profesora, la señorita Picores,
nos ha encargado que escribamos un diario.

Nos ha dado un montón de pedazos de papel
higiénico sin usar para que escribamos en él, y nos
ha dicho que «es muy importante recordar todas las
cosas geniales que hagamos».

El problema es que me parece que no tendré
ganas de recordar este verano en absoluto. Lo más
divertido que he hecho hasta el momento es sacarle
punta al lápiz para escribir esto.

Se está acabando el primer día de vacaciones
y estoy tan, tan, taaan aburrido... Todos mis
amigos de clase se han marchado de polizones en
un crucero a las Bahamas para pasarse todo el
verano haciendo surf, y yo me he quedado aquí,
en mi cloaca, sin amigos y sin nada que hacer.
Mamá me dijo que «era demasiado caro» para
unas vacaciones, y que, aparte, ni siquiera tengo

tabla de surf. La verdad es que mamá no tiene la culpa de no poder permitirse mandarme de viaje, porque trabaja un montón, pero, de todos modos, ¡no es justo!

Me sugirió que me fuera a casa del tío Ratas, que está chalado.

—Ni en broma —dije yo.

—Pues lo siento, porque ya le he dicho que te gustaría pasar unos días con él —contestó ella.

—El tío está majareta; prefiero quedarme aquí.

—Lamento de veras que pienses así, porque yo tengo que trabajar todos los días y no te queda otra opción.

Como ya no había nada que hacer, me encerré en mi habitación y escribí esto.

Con tristeza,

Sami

Sami se quedó en la cama escuchando el sonido de los pasos de los transeúntes y de los coches que pasaban por la calle, mientras pensaba en alguna manera de evitar tener que quedarse con su tío. De todos modos, ¿qué otra cosa podía hacer ese verano? Las tuberías contiguas a la suya solían estar desiertas, puesto que muchos de sus vecinos eran ya ancianos, y Sami tenía terminantemente prohibido salir de la cloaca para explorar las calles, puesto que todas las ratas ya saben que los humanos son gigantescos y peligrosos (en la escuela, Sami aprendió que, a veces, ¡los humanos tienen ratas en laboratorios y las hacen brillar en la oscuridad!).

De repente, alguien llamó a la oxidada puerta de lata de su dormitorio y lo distrajo de sus pensamientos.

—¿Estás despierto, Sami? —preguntó su madre, asomándose por la puerta y esbozando una tímida sonrisa—. ¿Te acuerdas de lo que hablamos? Bueno, pues tu tío ha venido a buscarte.

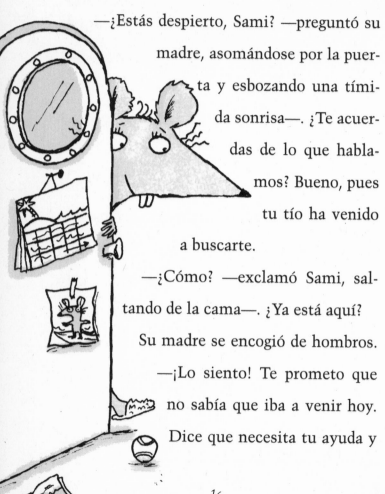

—¿Cómo? —exclamó Sami, saltando de la cama—. ¿Ya está aquí?

Su madre se encogió de hombros.

—¡Lo siento! Te prometo que no sabía que iba a venir hoy. Dice que necesita tu ayuda y que tenéis que salir cuanto antes.

La madre de Sami cogió la pequeña maleta de su hijo, hecha con una caja de cerillas, y se puso a hacerle el equipaje.

—Pero, mamá, ¡no puedo ir de ningún modo! —se quejó Sami, tratando desesperadamente de pensar en alguna excusa—. Este verano tengo que escribir el diario que nos ha puesto de deberes la profe, y voy a echar de menos las clases de natación.

Sami sabía que esas no eran razones suficientes para quedarse en casa, y estaba claro que mamá no iba a tragárselas. Las clases de

natación, de hecho, eran la actividad que menos le gustaba de todas las que hacía. Era una
vergüenza, pero todavía seguía en el grupo de
los más pequeños, donde todos llevaban manguitos y se ponían a chillar en cuanto se les
mojaba la cola. El problema era que Sami y su
mamá vivían tocando a la alcantarilla, mientras que la mayoría de sus amigos lo hacían
en tuberías que estaban mucho más abajo, en
ciudades como Aguas Marrones y Porquería
de la Cloaca, y pasaban todo el tiempo nadando en los ríos de la cloa-
ca, cosa que él no podía
hacer.

—Ya verás como vas
a pasar un verano estu-

pendo —dijo mamá, acompañándolo escaleras abajo. Le dio un fuerte abrazo y le entregó la maleta—. No te olvides de no lavarte —le recordó cariñosamente, despidiéndolo.

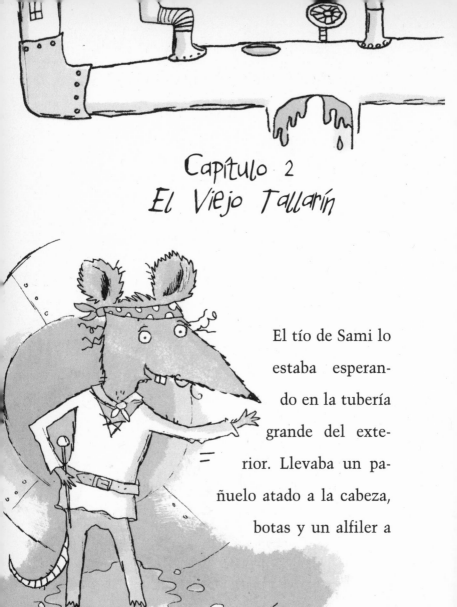

Capítulo 2
El Viejo Tallarín

El tío de Sami lo estaba esperando en la tubería grande del exterior. Llevaba un pañuelo atado a la cabeza, botas y un alfiler a modo de espada. Sami no sabía si se parecía más a un pirata o a un Robin Hood de tres al cuarto.

—Hola, mi pequeña rata de río —lo saludó su tío, con una sonrisa de oreja a oreja dibujada en el rostro—. ¿Estás listo para la aventura?

—Supongo que sí, tío Ratas —murmuró Sami, aunque no lo decía en serio.

—¡Llámame Capitán! —dijo su tío, guiñándole un ojo—. Todo el mundo lo hace.

Sami se acordó entonces de la tarjeta de visita que su tío le había dado una vez:

CAPITÁN RATAS
Jefe de mantenimiento de las cloacas municipales y aventurero
El Viejo Tallarín

Efectivamente, el trabajo de su tío consistía en mantener en buen estado las cloacas, pero lo de «aventurero» era una invención. El Capitán Ratas se vestía de manera estrafalaria, se metía en toda clase de líos y se creía que era una especie de superhéroe... y, ahora, Sami iba a tener que pasarse todo el verano fingiendo que todo eso era perfectamente normal.

—*El Viejo Tallarín* y Cuca te están esperando —dijo el Capitán, interrumpiendo los pensamientos de su sobrino, mientras avanzaba con brío tubería abajo—. ¡Sígueme, joven mequetrefe!

Sami ignoraba qué o quiénes eran *El Viejo Tallarín* y Cuca, pero bien podían ser fruto de la imaginación de su tío.

Tras casi una hora descendiendo por sinuosas y oxidadas tuberías, Sami y el Capitán Ratas llegaron a la orilla del principal río de la cloaca y se detuvieron. El agua, que corría con fuerza, era de color marrón y estaba llena de basura. Había un gran letrero en el que se leía lo siguiente:

RÍO VISCOSO
EL MÁS IMPONENTE Y (MALOLIENTE)
RÍO DE LAS CLOACAS

—Ahí está mi fiel embarcación —anunció el Capitán Ratas, señalando con orgullo lo que parecía ser una pila flotante de cartón y envases.

El Viejo Tallarín era, como su nombre indicaba, viejo, y tenía un aspecto ciertamente precario. Estaba hecho de endebles envases de comida china, pedazos de viejas cajas de cartón agujereadas y papel de periódico. Parecía que se sostenía a base de cuerda y cinta adhesiva. En la proa había una gran sopapa, y, sujeto a la popa, flotaba un bote hecho con media botella de plástico.

—¡Todos a bordo! —exclamó el Capitán Ratas.

Sami tragó saliva. No había creído ni por un instante que su tío fuese un verdadero capitán de barco; a pesar de todo, *El Viejo Tallarín* no era un barco en toda regla, y tampoco parecía particularmente seguro.

Sami respiró hondo y empezó a subir nerviosamente por la estrecha escalerilla, mientras las revueltas aguas de la cloaca corrían por debajo. En cuanto estuvo en cubierta, apenas si tuvo tiempo de mantener el equilibrio antes de ser recibido por una cucaracha con una pata de palo.

—¡Bienvenido! —dijo la cucaracha, dejando a la vista su maltrecha dentadura—. Cuca a tu servicio.

Cuca estrechó con entusiasmo la mano a Sami con una de sus varias patas, y luego con otra, y con otra, y otra más, hasta que se las ofreció todas, incluyendo la de madera.

—Soy el ayudante del Capitán —dijo.

—Eh... encantado de conocerte —dijo Sami tímidamente.

Sami comprobó con alivio que *El Viejo Tallarín* parecía algo más sólido de lo que había pensado en un principio. Siguió a Cuca por la cubierta hasta un precario camarote.

Cuca abrió la puerta y señaló algo en la penumbra. Se trataba de tres hamacas hechas con bolsas de naranjas, que colgaban del techo.

—Tu cama —le indicó, señalando la hamaca de la derecha.

Sami se sorprendió. Nunca había dormido en una hamaca, y la idea le parecía divertida.

—Creo que voy a quedarme aquí un rato —le dijo a Cuca mientras deshacía el equipaje—. ¿Puedes decirle al Capitán que tengo que, eh... hacer los deberes?

La verdad era que, primero, Sami tenía ganas de probar la hamaca.

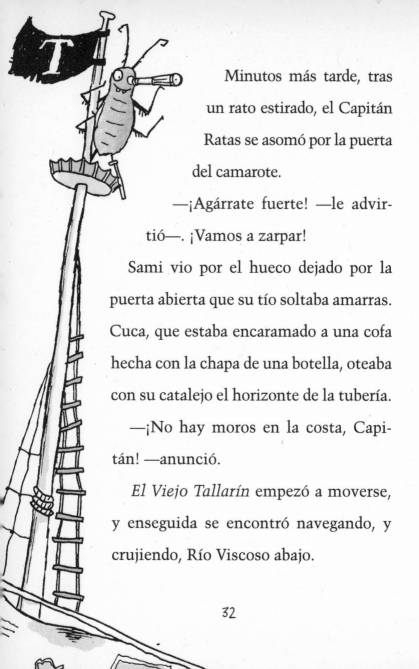

Minutos más tarde, tras un rato estirado, el Capitán Ratas se asomó por la puerta del camarote.

—¡Agárrate fuerte! —le advirtió—. ¡Vamos a zarpar!

Sami vio por el hueco dejado por la puerta abierta que su tío soltaba amarras. Cuca, que estaba encaramado a una cofa hecha con la chapa de una botella, oteaba con su catalejo el horizonte de la tubería.

—¡No hay moros en la costa, Capitán! —anunció.

El Viejo Tallarín empezó a moverse, y enseguida se encontró navegando, y crujiendo, Río Viscoso abajo.

Querido diario:

¡Adivina qué!

Estoy en una ha-

maca. No resulta fácil subirse, pero una vez

que lo consigues, es un poco como estar flo-

tando en el aire. Me encuentro en el barco

de mi tío, *El Viejo Tallarín*. Ni siquiera

sabía que tenía un barco, aunque la verdad es

que mi tío es una caja de sorpresas. Está

como una regadera y me ha pedido que lo llame

Capitán. No sé si a mamá le gustaría saber

que estoy en un barco, porque podría caerme

por la borda y no sé nadar. Cuca, la cucaracha ayudante de mi tío, está marcándose un bailecito en la cofa del barco. Creo que también está un poco mal de la azotea, igual que mi tío Ratas. ¡Jo! ¡Cómo me gustaría estar en las Bahamas con mis amigos!

Con tristeza,

Sami

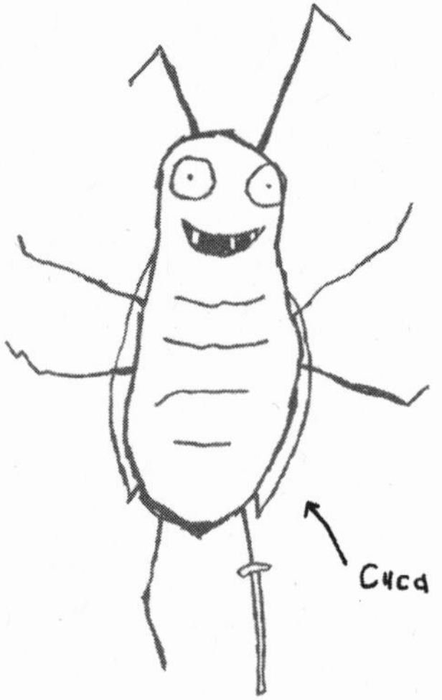

Cuca

Sami terminó de escribir, bajó de la hamaca y echó un vistazo por el camarote, que estaba repleto de toda clase de trastos cochambrosos.

En una pared había un gran mapa del alcantarillado cubierto de alfileres, y en otra, esto:

Sami estaba observando los distintos tipos de caca, y riéndose para sus adentros, cuando

el Capitán Ratas asomó la cabeza por un ojo
de buey.

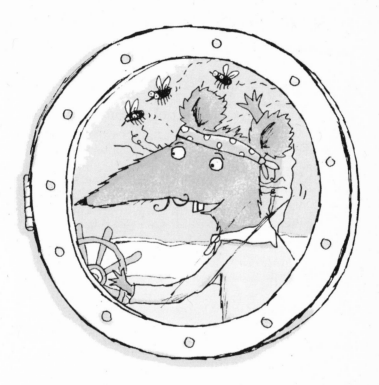

—Me paso el tiempo esquivándolas —comentó, guiñándole un ojo a su sobrino—. ¡Mira,

ahí flota una peluda! —dijo, señalando delante del barco, cogiendo el timón y virando justo a tiempo para sortear el excremento.

Sami miró cómo su tío espantaba las moscas y fue a reunirse con él en cubierta.

—¿Te gustaría manejar el timón? —le ofreció el tío Ratas.

Sami estuvo tentado de aceptar, puesto que nunca había pilotado un barco, ni tampoco conducido ninguna otra clase de vehículo, pero entonces recordó que, en realidad, él no deseaba en absoluto estar allí, así que no tenía por qué involucrarse.

Trampilla

—No, gracias —respondió.

—Bueno, pues ¿qué te parece si damos una vuelta? —propuso el Capitán Ratas, sin darse por vencido. Sami lo siguió por el barco, mientras aquel le iba mostrando las cosas importantes: botones, aparejos y escotillas.

Aunque, oficialmente, Sami estaba allí a desgana, no pudo evitar que todo aquello lo impresionara un poco.

Su tío le dio una palmadita en la cabeza.

—No te preocupes, que pronto estaremos haciendo algo interesante. Últimamente hemos vivido unas cuantas aventuras a bordo de *El Viejo Tallarín*.

De repente, el Capitán se detuvo, como tratando de recordar algo que hubiese sucedido hacía ya algún tiempo.

—No hace mucho —dijo— nos hicimos con

una recompensa considerable tras rescatar a una señora rata de unas sanguijuelas gigantes en la Ciénaga del Mal. Donde hay aventuras, hay dinero, Sami.

Sami puso los ojos en blanco, incrédulo, pero su tío lo miró con el ceño fruncido, conque se apresuró a asentir, a pesar de saber, tras haberse pasado toda la vida en las cloacas, que allí no había demasiadas aventuras que vivir.

Tal como Sami se había imaginado, el día transcurrió sin sobresaltos mientras navegaban por el Río Viscoso. Llegada la noche, consiguió escabullirse de vuelta al camarote. El vaivén del barco le había dado sueño, pensó en su hamaca, tras lo cual cerró los ojos. Al menos, podía seguir soñando con las Bahamas.

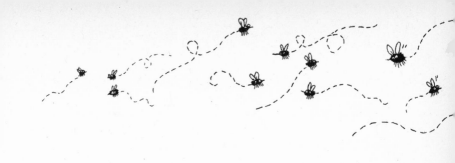

Capítulo 3
Tiempos desesperados /
Un duro despertar

¡Aaah!

¡Ay!

Sami se frotó los ojos, soñoliento, y sintió que le crecía un chichón en la cabeza. Levantó la vista hacia la hamaca, que se había dado la vuelta y lo había hecho caer al suelo. Dormir en esas cosas no era tan fácil como parecía.

Entraba luz por el ojo de buey del camarote. Sami se sacudió el polvo y reparó en un mugriento reloj de pulsera colgado en la pared. Eran las diez de la mañana. No podía creer que hubiera conseguido dormir hasta esa hora con el barco balanceándose de lado a lado.

En cuanto se puso de pie, la barriga le rugió. Fue abriendo los armarios del camarote hasta que encontró uno que estaba repleto de comestibles deliciosos: queso azul, pieles de

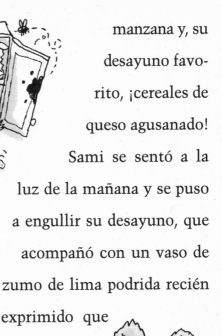

manzana y, su desayuno favorito, ¡cereales de queso agusanado! Sami se sentó a la luz de la mañana y se puso a engullir su desayuno, que acompañó con un vaso de zumo de lima podrida recién exprimido que había encontrado. Una vez que hubo terminado, salió a la cubierta. No podía quedarse en el camarote eternamente.

El Capitán Ratas y

Cuca conversaban junto al timón, y no habían advertido la presencia de Sami. Su tío hablaba en voz baja, pero era obvio que Cuca no entendía que tenía que contestar en el mismo tono, y lo hacía a gritos. A Sami no le gustaba escuchar a escondidas, pero resultaba difícil no hacerlo.

Tenemos problemas con la caca pegajosa. Las paredes de las tuberías están cubiertas de ella.

Y lo que es más importante: necesitamos dinero. He tratado de mantener a Sami animado contándole las muchas aventuras que hemos vivido en los últimos tiempos, pero lo cierto es que la lista está más vacía que tu cabeza.

PUES SÍ. NO HAY MUCHO QUE HACER, ¿VERDAD? ECHO DE MENOS NUESTRAS AVENTURAS... ¿QUÉ DECÍA DE MI CABEZA?

El Capitán se olvidó de susurrar y se puso a dar vueltas por la cubierta, rezongando.

—¿Qué vamos a hacer? Sin aventuras no hay dinero. *El Viejo Tallarín* está cayéndose a pedazos ante nuestros ojos, y lo cierto es que no nos vendrían mal unas vacaciones. El pobre Sami se está perdiendo el viaje con sus amigos de la escuela, y me gustaría poder demostrarle que en esta cloaca también puede uno divertirse.

Cuca se quedó callada durante unos instantes, hasta que agitó su pata de palo en el aire.

—¡Podríamos hacer trabajos raros, Capitán! —exclamó, como si se tratase de la mejor idea que jamás se le hubiera ocurrido a una cucaracha.

—¡Oh, benditas aguas putrefactas! —se lamentó el tío Ratas—. Supongo que no nos queda otra opción. Tendremos que volver a limpiar, reparar y recoger desperdicios. Ahora mismo, es la única manera de ganar dinero. Pero, primero, debemos arreglar *El Viejo Tallarín*. Ayer mismo hallé otra vía de agua. Tiene que estar listo para la aventura cuando surja una.

Sami no sabía qué pensar. Lamentarse por el viaje que no había podido hacer le parecía, ahora, egoísta. A juzgar por lo que acababa de escuchar, su tío estaba en un buen problema. Sami se prometió a sí mismo que ayudaría en todo lo que pudiera. Si iba a tener que pasarse todo el verano en ese barco, al menos podía hacer algo útil, pensó, tomando a continuación una gran bocanada de aire de cloaca que, esa mañana, parecía algo más apestoso de lo habitual.

En cuanto se acercó al Capitán y a Cuca, estos se quedaron en silencio.

—¡Vaya! El chico por fin ha decidido levantarse —dijo el tío Ratas, sonando más animado—. Me temo que en la lista de cosas para hacer hoy no figura ninguna aventura, ni tampoco durante el resto de la semana —admitió, apesadumbrado—; ¡pero tenemos que reparar *El Viejo Tallarín*, y luego hay muchos trabajos raros que podemos hacer!

Cuca desenrolló un rollo de papel, escupió en la parte de atrás y lo enganchó al mástil.

1. AVENTURAS
Por confirmar

2. MANTENIMIENTO DEL BARCO
Cosas que arreglar:
agujeros en las velas,
agujeros en la bodega,
agujeros en el camarote,
agujeros en la cubierta,
agujeros en el bote,
otros agujeros.

3. TRABAJOS RAROS

—Eso son un montón de agujeros para un solo barco —dijo Sami, que se preguntó cómo era posible que *El Viejo Tallarín* siguiera flotando. Continuó leyendo la lista, mientras Cuca cogía un viejo color de cera medio roto y añadía algo más.

3. TRABAJOS RAROS

Reparar filtración de agua para el señor Sarna en la tubería N.º 345
Extraer pequeño atasco para la familia en la tubería N.º 496

4. PESCAr TesoroS

—¿Qué es eso de pescar tesoros? —preguntó Sami, sintiendo curiosidad.

—Es parecido a reciclar —contestó el Capitán, guiñándole un ojo—. Pronto lo descubrirás.

Los días que siguieron, Sami ayudó a su tío y a Cuca a reparar el barco lo mejor que pudieron.

Sami estaba en lo cierto. Había un terrible montón de agujeros. Este era el material de que disponían:

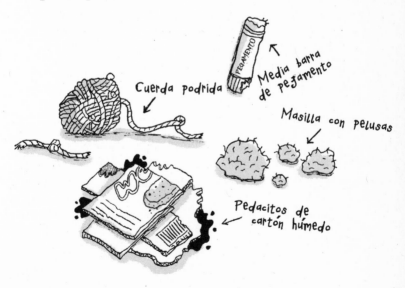

Cuerda podrida

Media barra de pegamento

PEGAMENTO

Masilla con pelusas

Pedacitos de cartón húmedo

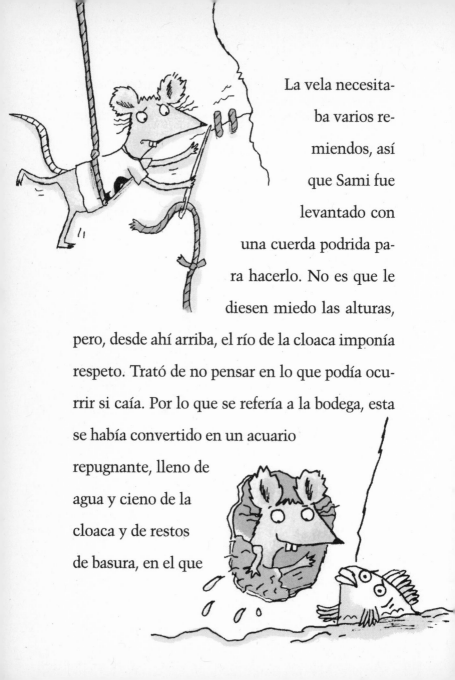

La vela necesita-
ba varios re-
miendos, así
que Sami fue
levantado con
una cuerda podrida pa-
ra hacerlo. No es que le
diesen miedo las alturas,
pero, desde ahí arriba, el río de la cloaca imponía
respeto. Trató de no pensar en lo que podía ocu-
rrir si caía. Por lo que se refería a la bodega, esta
se había convertido en un acuario
repugnante, lleno de
agua y cieno de la
cloaca y de restos
de basura, en el que

se había colado un pobre pececillo naranja, que se dedicaba a nadar en círculos, atrapado. Sami tapó los agujeros y lo liberó.

Mientras arreglaban los boquetes del camarote y de la cubierta, Cuca confesó que se habían producido por su culpa, puesto que, accidentalmente, había quemado partes del barco. Explicó que  antes de trabajar como ayudante de un aventurero, solía ser chef en un restaurante de comida para llevar pero que este había tenido que cerrar por motivos de higiene. De todos modos, a él le seguía encantando practicar su flambeado, aunque, posiblemente, lo hiciera más de lo aconsejable. Por lo visto, esa era una de las razones por las que solamente contaba con cinco patas.

—¿Quieres que te lo demuestre? —preguntó Cuca, y encendió un fósforo.

—¡No! —gritó el Capitán Ratas—. ¡Este barco es de cartón! ¿Tendré que recordarte que el fuego y el cartón no son buenos amigos?

Tras unos días de trabajo duro, *El Viejo Tallarín* seguía teniendo aspecto de barco viejo, inseguro y desvencijado, pero, al menos, parecía menos agujereado que antes.

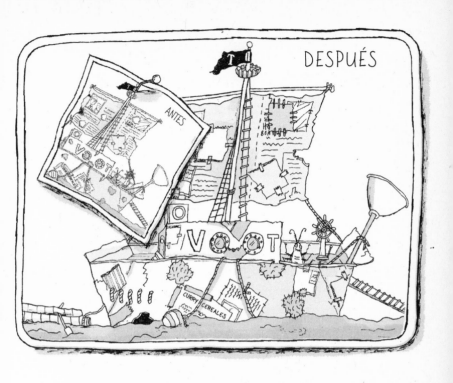

El Capitán Ratas, Cuca y Sami fueron ta-
chando tareas de la lista de mantenimiento
del barco, y cuando llegaron al final, el tío Ratas anunció que ya estaban en condiciones de
empezar con los trabajos raros.

En primer lugar, dedicaron un día a reparar
la gotera de la tubería 345.

CHICLE

TUBERÍA 345

Luego, navegaron hasta la tubería 496, que

quedaba cerca de Porquería de la Cloaca.

Resultaba ser que otra tubería, más pequeña, se había atascado y una familia de ratas no podía entrar en casa.

El Capitán evaluó el trabajo con una sonrisa dibujada en el rostro.

—Esto va a suponer un pequeño reto —le susurró a su sobrino—. De vez en cuando va bien tener alguna tubería que desatascar. Sirve de entrenamiento, y nunca sabes cuándo va a ser útil en alguna aventura. Ahora, mira y aprende.

Siguiendo las instrucciones de su tío, Sami desembarcó y se quedó en la orilla, junto a la familia de ratas, para contemplar el proceso.

—¡SOLTAD EL DESATASCADOR! —exclamó el Capitán Ratas con grandilocuencia.

Cuca lo saludó al estilo militar y movió algunas palancas.

La familia, entretenida, no perdía detalle, y Sami también estaba entusiasmado.

—Retrocedan —les aconsejó a las ratas, haciéndose el importante.

—¡ADELANTE A TODA VELA! —gritó el Capitán Ratas.

El desatascador, ya fuera de la embarcación, se colocó en posición.

Cuca hizo avanzar el barco hasta que el desatascador hizo contacto con el atasco y quedó adherido a la porquería.

—¡ATRÁS A TODA VELA! —exclamó el Capitán Ratas.

El barco retrocedió, tirando del desatascador hasta que...

La succión se deshizo y la entrada a la tubería volvió a quedar libre.

—¿Qué era lo que tapaba la tubería? —preguntó Sami, fijándose.

El Capitán retiró el desatacascador y los demás vieron que se trataba, ni más ni menos, que de un... calcetín.

—Pst —dijo el Capitán Ratas, bajando del barco—. ¡Hay que ver lo que tiran los humanos por el inodoro! ¿Acaso no se dan cuenta de que todo va a parar a alguna parte?

El Capitán Ratas cobró su tarifa: un penique.

—Ha sido un placer ayudarlos —dijo, sonriente, dándoles una tarjeta de visita a sus clientes—. Ya saben a quién llamar.

Sami fingió no darse cuenta de lo decepcionado que se sentía su tío por no haber ganado más que un miserable penique en una semana.

—Mañana iremos a pescar tesoros. Esperemos encontrar cosas que podamos vender —dijo el Capitán en tono sombrío.

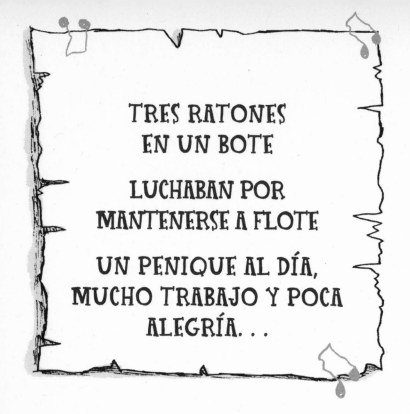

TRES RATONES
EN UN BOTE

LUCHABAN POR
MANTENERSE A FLOTE

UN PENIQUE AL DÍA,
MUCHO TRABAJO Y POCA
ALEGRÍA. . .

Cuca cogió una armónica rota, empezó a tocar una melodía triste y Ratas lo acompañó a la voz.

—Esta canción es muy triste —los interrumpió Sami.

Cuca alegró la cara y arrancó con una tonada más alegre.

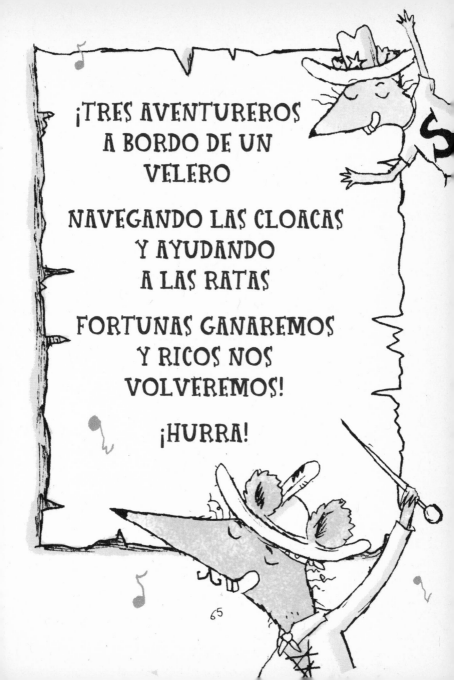

¡TRES AVENTUREROS
A BORDO DE UN
VELERO

NAVEGANDO LAS CLOACAS
Y AYUDANDO
A LAS RATAS

FORTUNAS GANAREMOS
Y RICOS NOS
VOLVEREMOS!

¡HURRA!

Pronto, los tres cantaban, bailaban y daban palmas, y sus risas retumbaba por las tuberías. El Capitán permitió incluso que Cuca flambeara algunos excrementos de larva, aunque con un cubo de agua cerca.

Cuando dieron la velada por concluida, en los oídos de Sami todavía resonaban las canciones, y si cerraba los ojos aún podía ver las llamas.

CUIDADO, QUERIDO LECTOR

Aunque a Cuca le gusta jugar con fuego, las cerillas son PELIGROSAS y solo pueden usarlas las cucarachas, NUNCA los niños.

Pescar tesoros sonaba como algo divertido, y Sami jamás había hecho nada parecido. No se trataba de coger peces, claro. Como el Capitán había dicho, iban a buscar cosas que luego pudieran vender.

Sami ayudó a Cuca a reunir el equipo que iban a necesitar y, a continuación, ambos se sentaron en la popa, con las piernas colgando sobre el agua. El Capitán Ratas, mientras tanto, se puso al timón y fue llevando la embarcación a través de algunos de los mejores sitios para pescar basura de buena calidad.

—El nivel del agua parece menguar cada día que pasa —dijo Ratas—. Puede que eso nos facilite la búsqueda.

Resultó ser que había MUCHO que pescar en la cloaca. Sami jamás se había imaginado las cosas que podían salir a la superficie.

Decidió explicarlo todo en su diario veraniego.

Palo

Red

Desatascador

Querido diario:

Hoy, Cuca y yo hemos estado pescando tesoros. Hemos usado palos con una red sujeta en uno de los extremos, más o menos como en el dibujo. El tío Ratas ha cogido el timón y nosotros nos hemos dedicado a tirar las redes al agua, teniendo mucho cuidado con las cacas.

Al principio no he pescado mucho, pero después de un rato ya teníamos un buen montón de cosas en cubierta. A decir verdad, para mí no era más que simple basura, pero Cuca me ha dicho que algunas cosas pueden alcanzar un buen precio si encontramos al comprador adecuado. Sin embargo, ¿quién puede querer comprar un dinosaurio de juguete roto? El Capitán me ha explicado que lo que es basura para un humano, puede ser un tesoro para un roedor. Al cabo de un rato, lo único que sacábamos del agua eran calcetines y calzoncillos, así que lo hemos dejado.

Calcetinamente,

Sami

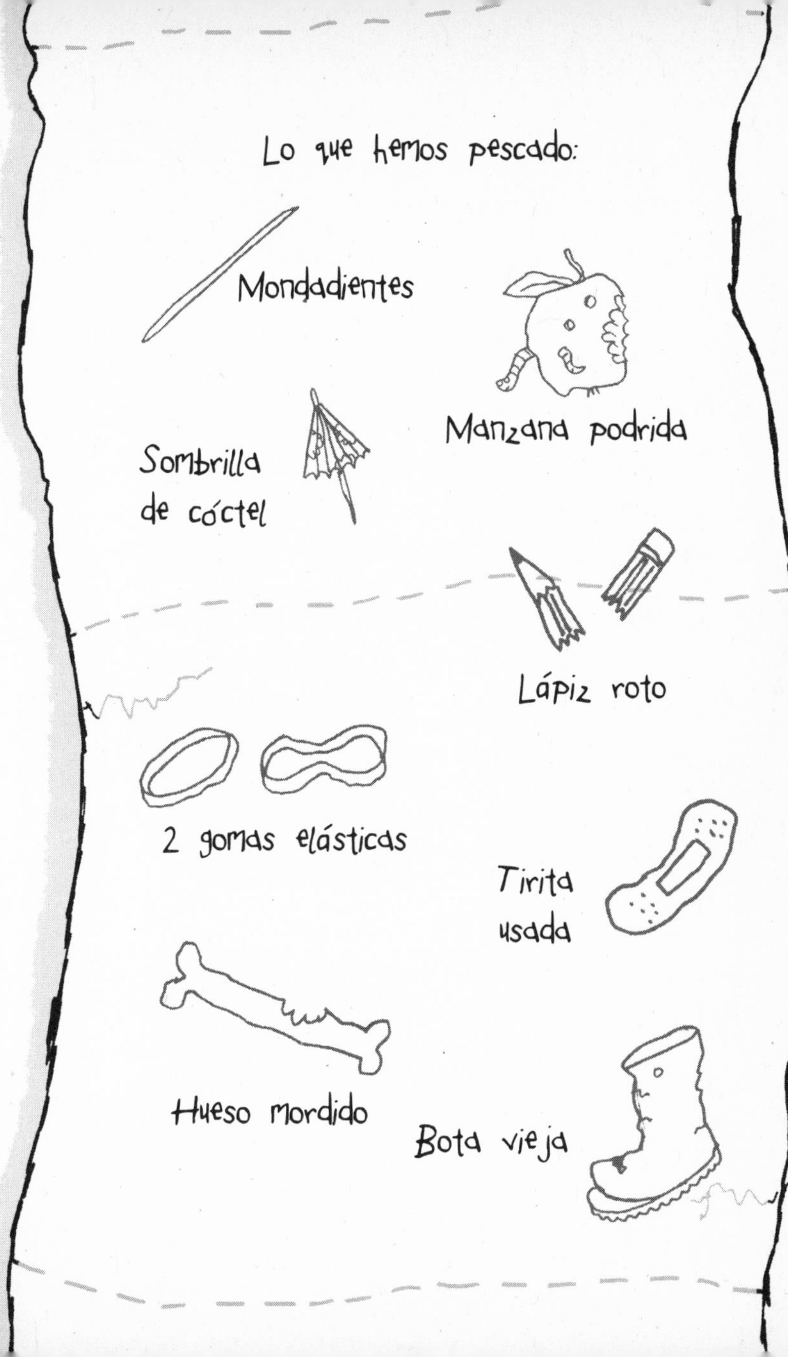

Lo que hemos pescado:

Mondadientes

Manzana podrida

Sombrilla
de cóctel

Lápiz roto

2 gomas elásticas

Tirita
usada

Hueso mordido

Bota vieja

Pañales

Medio caramelo
de menta

Tecla de ordenador

Media pizza

Anilla de lata
de refresco

Dinosaurio decapitado

Muñeca sin piernas

Rueda

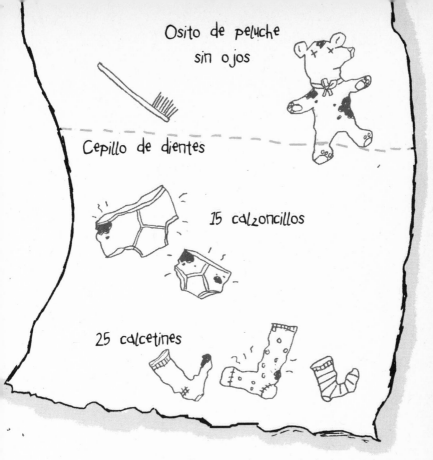

Osito de peluche sin ojos

Cepillo de dientes

15 calzoncillos

25 calcetines

—¿Estás haciendo una relación de los artículos? —preguntó el Capitán, asomándose por encima de su sobrino—. Qué dibujos tan bonitos. Guardaré una copia para mi cuaderno de bitácora.

Ratas echó un vistazo a la apestosa pila de capturas que había en la cubierta, y que había atraído a un montón de moscas y mosquitos.

—¿Más calcetines? Y ¿cuántos calzoncillos hay ahí? Esto es muy extraño; nunca había visto tanta ropa interior junta —declaró el Capitán, pensativo—. Mmm... —dijo, contemplando el montón de calzoncillos, a la vez que una sonrisa de oreja a oreja iba dibujándose poco a poco en su rostro—. Al menos, creo que podremos darle un buen uso a estos de aquí. Un buen día de recolección de tesoros y una vela nueva. Esto ya va pintando mejor. Mañana iremos a la ciudad y venderemos el botín.

Capítulo 4
Desastre en Porquería

A la mañana siguiente, las cosas ya no parecían ir tan bien. Durante la noche, el nivel del agua había bajado tanto que *El Viejo Tallarín* arrastraba su timón de cartón por el fondo de la tubería, lo cual hacía todavía más complicado navegar por el lodo.

Sami rara vez visitaba la ciudad. Estaba demasiadas tuberías más abajo de su hogar para poder ir él solo a pie. La mayoría de sus amigos de la escuela vivía en Porquería de la Cloaca, y todos hablaban del lugar como si fuera el mejor sitio del mundo donde vivir. En las ocasiones en que había ido allí de compras con su madre, a Sami le habían fascinado su bullicio y su actividad.

Sami había revuelto la basura que había en el camarote y había encontrado un folleto de la ciudad que decía que era uno de los diez destinos más sucios del mundo. Se preguntó si tendría tiempo de explorarla como era debido.

GUÍA TURÍSTICA

BIENVENIDOS a PORQUERÍA DE LA CLOACA

(HERMANADA CON QUÉ-TUFO-TÚ)

Situada a orillas del Río Viscoso, la bulliciosa y comercial ciudad de Porquería de la Cloaca cuenta con 531 habitantes roedores, 255 insectos de distintas clases (cucarachas, arañas, escarabajos peloteros...), una cantidad innumerable de moscas (que, si bien pueden resultar molestas, son inofensivas) y una paloma extremadamente perdida. La ciudad ostenta una preciosa arquitectura en la forma de una extensa red de tuberías oxidadas pintadas en preciosos colores verde moho, marrón y gris.

OTRO BONITO DÍA EN PORQUERÍA DE LA CLOACA

Los visitantes pueden admirar el puerto y la Laguna Cenagosa

PUERTO

LAGUNA CENAGOSA

El lugar más grande y monumental de la ciudad es la tubería-ayuntamiento, residencia del querido alcalde de Porquería de la Cloaca y sede de las reuniones semanales del Antiguo Consejo de la Cloaca.

NUESTRO QUERIDO ALCALDE

Existen numerosos clubes y sociedades en la ciudad, como la Sociedad para la Apreciación del Queso Azul, la Sociedad de Buscadores de Tesoros y la Sociedad de Palomas Perdidas (que solo cuenta con un miembro).

De repente, un grito distrajo a Sami de su lectura.

—¡Será posible! ¡Basta ya de esas malditas cosas!

Sami salió corriendo a la cubierta para ver qué ocurría.

A lo lejos ya se veía la ciudad, pero no conseguían acercarse. El Capitán trataba de maniobrar *El Viejo Tallarín* lo mejor que podía en aquellas aguas tan poco profundas, y, para colmo, ¡el río estaba lleno de ropa interior! Había montones de calcetines, calzoncillos y pañales sucios, y el olor era asqueroso, incluso para una cloaca.

—No hay nada que hacer —dijo Ratas—. Vamos a tener que coger la botella de plástico. Eh... quería decir el bote. Nos será mucho más fácil navegar a través de esta ropa putrefacta en una embarcación más pequeña.

Sami pensó entonces en todos los agujeros que habían tapado. ¿Habían reparado también el bote? Más valía que le dijera a su tío que no sabía nadar.

Cuca y el Capitán se pusieron a tirar al bote los tesoros que habían pescado el día anterior, hasta que se hubo amontonado una gran pila de ellos, y el agua del Río Viscoso empezó a colarse dentro de la barca debido al peso de la misma. Cuca y Ratas saltaron a bordo y le indicaron a Sami que hiciera lo mismo. El bote no solo tenía boquetes, sino que también era completamente transparente, y una vez que, con mucho cuidado, Sami se metió dentro, le

dio la sensación de estar de pie directamente
sobre el agua.

Subió a lo alto de la inestable pila de tesoros
y se sujetó con fuerza, mientras su tío y Cuca
se servían de cerillas para remar poco a poco
en dirección a la ciudad. El trayecto resultó
ser bastante peligroso; Sami casi se cayó por la
borda en dos ocasio-
nes, y Cuca

estuvo todo el tiempo achicando agua, pero, por fin, consiguieron arribar a puerto y, para alivio de todos, salir del bote.

—¡Guau! —gritó Sami en cuanto una ráfaga de un aire más apestoso que los pedos de mil elefantes se coló en su nariz. Como bien indicaba su apellido, Sami Superpestes estaba acostumbrado a los malos olores, pero ese en concreto ya era demasiado—. ¡Esta ciudad apesta!

Efectivamente, el olor que de ella emanaba era repugnante.

—Es esta parte del Río Viscoso —dijo el Capitán, frunciendo la nariz y señalando el agua que había junto al puerto, la cual, a esas alturas, ya no era más que un charco de limo marrón—. Creo que nunca ha olido tan mal.

Mientras trataban de no respirar por la nariz, descargaron los tesoros del bote y los llevaron hasta el mercado. Ratas y Cuca montaron el tenderete, y Sami ayudó haciendo algunos carteles, que colocó cerca de otro que anunciaba pinzas para la nariz.

Aparte del vendedor de pinzas, Sami se dio cuenta de que no había muchos puestos más.

LIQUIDACIÓN
¡Calcetines
2 por 1!

Pinzas para
la nariz

POR AHÍ

Una vez que tuvieron todo listo, esperaron a que empezaran a llegar clientes.

Una bola de mugre pasó rodando con el viento por el mercado, todavía vacío. Cuca decidió amenizar la espera tocando la armónica.

Seguía sin venir nadie.

El Capitán se puso a demostrar sus vistosas dotes de espadachín contra un contrincante imaginario, pero eso tampoco ayudó a vender nada. Las habituales multitudes de turistas curiosos, que solían visitar Porquería de la Cloaca en grupo, atraídas por lo pintoresco del lugar, no se veían por ninguna parte, y tampoco había ni rastro de los vecinos de la ciudad.

—¡Que raro! Normalmente esto se llena de gente —comentó Ratas, visiblemente abatido—. Espero que mi demostración con la espada no haya sido demasiado abrumadora...

—Yo diría que lo que es abrumador es este olor repulsivo —opinó Sami, que señaló entonces el puesto que había en el otro extremo del mercado, el cual estaba captando toda la clientela, que se proveía de pinzas para la nariz y volvía rápidamente a sus tuberías, para, a continuación, tapiar las ventanas y cerrar las puertas a cal y canto.

A última hora de la tarde, la ciudad estaba desierta, y los únicos residentes que aparecían eran las moscas, que se lo pasaban estupendamente. De hecho, aquello era una fiesta.

—¡Fuera! —gritaba el Capitán Ratas, irritado. Lo cierto era que había sido un día desastroso; no habían vendido absolutamente nada.

El mal olor se había vuelto tan insoportable (ya era peor que diez mil pedos de elefante) que Ratas decidió gastarse el penique que habían ganado antes en pinzas. Como Cuca no tenía nariz, se puso la suya en una de sus muy sensibles antenas.

—Adí edtá mejod —dijo Sami, aunque le doliera un poquito la nariz.

Cuca se puso a recoger los tesoros.

—Hoda de padtid —anunció el Capitán Ratas.

Los tres regresaron cabizbajos al bote, que tuvieron que arrastrar fuera del fango.

El Capitán contempló el río obstruido, y llegó a la conclusión de que estaban demasiado cansados para realizar el trayecto de vuelta al barco. Cuca sonrió y dijo que sus cinco patas y media «se le hubiesen caído» si hubiera tenido que seguir achicando agua. Sami se sintió aliviado, puesto que no le habría hecho ninguna gracia quedarse atascado en el río en la oscuridad.

Dieron la vuelta al bote para usarlo como una tienda de campaña, cosa que era mucho menos cómoda que descansar en la hamaca. El Capitán, visiblemente deprimido, se sentó en el suelo, mientras Cuca trataba de capturar moscas para comer, con poco éxito. El único momento de excitación tuvo lugar cuando una mosca-cartero llegó volando en su bicicleta para entregarle a Sami una postal de sus amigos.

BAHAMAS

· CARTE POSTALE · POST CARD

Querido Sami:
¡Felices vacaciones! Acabamos de llegar a las Bahamas tras un largo viaje de polizones en un crucero. Había montones de ratas a bordo, pero también un montón de comida. Pedrito Caquitas se cayó en una fondue de chocolate y un humano estuvo a punto de atraparlo, pero logró escapar escondiéndose debajo de una piña. Hoy hemos estado practicando un poco con la tabla. Hay unas olas ENORMES y montones de peces de colores. ¡Tendrías que ver el bronceado de Fiona Pulgosa! Se quedó dormida al sol y se le quemó la cola. Ojalá lo estés pasando genial en la cloaca.

¡Un saludo de tus amigos!

Postdata: Estamos demasiado ocupados para escribir nuestros diarios. ¡La señorita Pico-res se va a poner furiosa!

Sami Supert_____

El Viejo Tallar____

Las Cloacas

Por Correo Mosca____

← ¡Fiona!

«Bueno, por lo menos puedo escribir en mi diario», pensó Sami, sacándole punta a su lápiz. Pero en cuanto empezó a oscurecer, vahos de gases repugnantes surgieron del río y se colaron en el improvisado refugio. Sami pestañeó; no podía escribir. Los efluvios eran tan espesos que apenas si podía distinguir la pinza que tenía en la punta de la nariz y la silueta de su tío, que yacía tumbado en una esquina, mientras Cuca, a su lado, bostezaba. Su aliento era casi tan pestilente como la niebla amarillenta que lo llenaba todo... Sami dejó el lápiz y...

¡TUUU! ¡TUUUUUUUU!

Una sirena de niebla aulló desde lo alto del ayuntamiento.

Les habla el alcalde.
Ruego a la población
que se reúna
inmediatamente en el
ayuntamiento.
¡Se está celebrando una
reunión de emergencia!

El Capitán se puso de pie de un salto, como si le hubiese picado una avispa, y salió disparado, dejando en el bote a Cuca y a su sobrino.

—¡Espéranos! —gritó Sami, aunque Ratas ya se encontraba a media altura de la calle principal.

Sin perder un segundo, fueron corriendo tras él.

Capítulo 5
Gabinete de crisis

El ayuntamiento estaba a rebosar de ratas y bichos de la más diversa índole, que o bien se tapaban la nariz con los dedos o llevaban puestas pinzas. Sami trató de permanecer cerca de su tío mientras se abrían camino entre la multitud. Por lo visto, todo el mundo conocía al Capitán Ratas en Porquería de la Cloaca, porque la gente le hacía reverencias y lo saludaba en cuanto pasaba. El Capitán se quitaba la pinza como si de un sombrero se tratase y les devolvía el saludo como si fuesen viejos amigos a los que hacía tiempo que no veía.

—Hola, eh... señor Mugre. ¿Cómo va el negocio? ¡Me alegro de verte, Grasiento, viejo amigo! Está tan guapa como siempre, señorita Dientes Torcidos.

Cuca los seguía con su habitual sonrisa de maníaco, que le llegaba de una antena a la otra. Por fin, los tres se detuvieron delante de un estrado. Sami levantó la vista, maravillado. El ayuntamiento era la mayor construcción de tubería en la que él hubiera estado jamás. El techo estaba decorado con tapones dorados, y en las paredes, entre cañerías de cobre, colgaban cuadros de famosos habitantes del pasado. Del suelo se elevaban altas co-

lumnas que llegaban hasta el techo, y otras que tenían estatuas encima.

De repente, alguien hizo sonar una trompeta y los presentes callaron.

—¡Con todos ustedes, el alcalde! —anunció una voz.

Una rata grande y oronda, ataviada con una larga capa de color verde, subió al estrado. Se detuvo y se inclinó ante los presentes, que vieron la resplandeciente pinza de plata que tenía sujeta a la nariz. Detrás de él hizo entrada el Antiguo Consejo de la Cloaca, constituido por varios bichos y roedores ancianos.

—Ellos son quienes toman todas las decisiones importantes por aquí —le susurró Ratas a Sami.

El alcalde miró a su público muy seriamente y carraspeó.

—Ciudadanosss, amigosss, queridos cloaquitas... Nos hemos deunido hoy aquí...

—Aquí no se oye nada —exclamó una rata.

—¿Podría levantar la voz, querido conciudadano? —dijo el alcalde, que no había entendido bien.

«Esto es absurdo», pensó Sami, que se quitó la pinza de la nariz y olisqueó el aire. La verdad era que no olía tan mal. Haciendo acopio de valor, exclamó:

—Creo que todos nos entenderemos mejor si nos quitamos las pinzas.

—¿Podrían dejar de interrumpirme? —dijo el alcalde, frunciendo el ceño.

—Quítese la pinza, señor —le susurró un escarabajo.

El alcalde accedió, aunque con cautela. Olfateó y sonrió.

—Qué jovencito tan avezado —declaró—. Ahora todos pueden entender lo que digo. ¿Por dónde iba? Ah, sí... Nuestra esplendorosa ciudad está en peligro. Como sabéis, a nosotros, los habitantes de las cloacas, nos encanta un poco de suciedad y mal olor, ¡pero esto ya es demasiado!

El olor, la polución y los gérmenes han hecho de Porquería de la Cloaca un lugar casi inhabitable. Es preciso hacer algo al respecto. Nuestro amado Río Viscoso está lleno de calcetines y calzoncillos. ¿Por qué motivo? ¿Cómo podemos revertir la situación? Cualquiera que sea capaz de responder a estas cuestiones, será generosamente recompensado... ¡Con dos grifos de oro!

Dicho esto, el alcalde enganchó un cartel en la pared.

Inmediatamente, la gente prorrumpió en murmurllos.

—En primer lugar, ¿alguien tiene alguna idea de cuál es la causa de esta invasión de ropa interior? —preguntó el alcalde. Patas y piernas peludas se alzaron por toda la sala. Dos grifos de oro era una recompensa sustanciosa.

Uno a uno, ciudadanos ansiosos fueron exponiéndoles sus teorías al alcalde y al Antiguo Consejo de la Cloaca.

Esas teorías iban de lo ridículo... a lo aún más ridículo.

—Una fábrica de ropa interior explotó.

—A los humanos les preocupa el aspecto de las ratas y quieren vestirlas.

—Un monstruo que devora calcetines anda escondido en la cloaca y pretende atacar la ciudad.

Mientras escuchaba todas aquellas explicaciones disparatadas, el Capitán Ratas no había dejado de negar con la cabeza.

—Si me permite, alcalde... —intervino, subiendo al estrado—. Estas teorías son, bueno...

interesantes, pero ¿no nos estamos olvidando de algo?

El alcalde parecía intrigado.

—Prosiga, Capitán.

Sami advirtió que a su tío se le inflaba el pecho. Era obvio que estaba en su salsa.

—Buena gente de Porquería de la Cloaca, dejadme que os diga que, desde mi punto de vista, estamos enfocando el asunto de una forma equivocada. Lo importante no es por qué

hay tantos calcetines y calzoncillos, ni cómo
han llegado hasta aquí, sino lo que su presencia ha provocado. Toda esa ropa interior ha es-
tancado el Río Viscoso, haciendo que el nivel
del agua haya bajado, y por eso el olor se ha
vuelto insoportable. ¡Lo que tenemos, damas
y caballeros, es un atasco monumental!

Tras esta declaración, la sala volvió a lle-

narse de murmullos. Era muy poco frecuente que el río se estancara.

—Por supuesto —continuó Ratas—, es preciso que pongamos solución a eso, pero también que averigüemos el origen de esos molestos calzoncillos y calcetines. Y, para ello, necesitamos los servicios de un técnico de cloacas experimentado, que disponga del equipamiento adecuado y al que no le amilanen las aventuras. O sea, yo —dijo el Capitán, que hizo una pausa, como si se estuviese olvidando de algo—. Y, claro está, mis valientes compañeros —añadió entonces, señalando a Cuca y a Sami y guiñándoles un ojo. Sami se quedó boquiabierto ante el descarado autobombo de su tío, pero le devolvió el guiño.

—Bueno —dijo el alcalde, pensativo—, si cree usted que puede descubrir qué es lo que está causando esta crisis y solucionarla, entonces supongo que es la rata adecuada para este trabajo. Tenemos nuestra confianza depositada en usted, Capitán; no nos defraude.

—Prometo salvar a Porquería de la Cloaca de este olor pestilente —respondió Ratas.

—¡Hurra! —exclamó la multitud.

Los ciudadanos volvieron a ponerse sus pinzas, salieron del ayuntamiento y regresaron a la seguridad de sus hogares.

Una vez que se quedaron solos, Sami comenzó a comprender la dimensión de la empresa que su tío acababa de aceptar. El Capitán, sin embargo, no parecía preocupado; al contrario, se lo veía tremendamente excitado. Él y Cuca brincaban como saltamontes.

Ratas cogió a su sobrino y lo estrechó con

fuerza entre sus brazos.

¡POR FIN!
¡Una AVENTURA
en toda regla!

—¡Y no se olvide de la recompensa, Capitán! —dijo Cuca, acariciando el cartel con los grifos de oro.

—En absoluto —contestó Ratas, arrancando del caballete varias hojas llenas de lo que parecían importantes notas y tirándolas a la papelera—. ¡Pensemos en ideas de cómo vamos a afrontar

esto!

Querido diario:

Por fin estamos de vuelta en *El Viejo Tallarín* tras otro peligroso viaje en el bote-botella. Anoche elaboramos un «plan de acción». Helo aquí:

1. Encontrar la obstrucción de ropa interior.

2. Averiguar de dónde viene la ropa interior.

3. Detener la llegada de más ropa interior.

4. Deshacer el atasco.

5. Evitar la catástrofe.

Sugerí que detalláramos el plan un poco más, pero el Capitán insistió en que si supiéramos de antemano lo que va a suceder, no sería una aventura. Esperamos dar con la obstrucción lo antes posible. Ya hemos intentado abrirnos camino a través del Río Viscoso, aunque todavía oigo el fondo del barco rozando contra la tubería. Lo normal sería que mi tío estuviera preocupado al respecto, pero Cuca y él están tan contentos de emprender una nueva aventura que ni siquiera se han dado cuenta. Trato de estar igual de excitado que ellos, pero no puedo evitar sentir cierta inquietud. ¡Espero que nada salga mal!

Con preocupación,

Sami

Capítulo 6
La gigantesca montaña de ropa interior

El viaje para encontrar el atasco demostró ser arduo y lento. Ya estaban muy lejos de Porquería de la Cloaca, y Sami sabía que ya no había vuelta atrás. Iban directos hacia el lugar donde había más calcetines y calzoncillos acumulados, y el Río Viscoso estaba pasando de parecer agua fangosa (lo cual ya era bastante malo) a una especie de melaza repugnante.

Incluso si hubiesen querido retroceder, el río era demasiado poco profundo para poder hacerlo.

El olor de la niebla ya era casi insoportable, y su densidad era tal que apenas si podían ver más allá de la proa. Estaban navegando a ciegas. Ratas, Cuca y Sami se habían quitado las pinzas de la nariz porque les resultaba difícil respirar con ellas puestas. Cuca trataba de aspirar la niebla con una aspiradora, pero no estaba teniendo éxito. «Espero que demos con el atasco enseguida», pensó Sami mientras pescaba otro calzoncillo putrefacto para sacarlo del camino de *El Viejo Tallarín*.

—Ya debemos de encontrarnos cerca del atasco —dijo el Capitán con optimismo, contemplando la niebla con los ojos entornados, como si presintiera algo. Entonces, de repente...

¡Plof!

El barco chocó contra algo muy grande y blando. La proa se arrugó un poquito. Sami perdió el equilibrio y tuvo que agarrarse al mástil para evitar caer por la borda.

—Ya debemos de haber llegado —anunció Cuca desde la cofa, aunque la verdad era que tampoco veía nada—. Esos grifos de oro ya casi son nuestros, Capitán —dijo, frotándose las patas con regocijo.

—Estoy seguro de que tenemos una luz en alguna parte —musculló Ratas, pulsando botones al azar en el interior del camarote y haciendo sonar la bocina.

¡TUUUU!
¡TUUUU!

—Ups; este no es.

CLIC... Bzzzzz!

—¡La encontré!

El capitán pulsó un botón más grande que los demás y una bombilla salió de una trampilla. Estaba sujeta a lo alto del mástil, en un extremo de un largo cable, por poleas chirriantes.

Súbitamente, la oscuridad se hizo luz. Sami miró a través de la espesa niebla y lo que vio no fue la tubería, sino la pila de calcetines y calzoncillos más enorme que hubiese visto jamás.

Llenaba la tubería por completo, y era más alta que el mayor edificio de Porquería de la Cloaca. Era, en resumen,

UNA MONTAÑA DE ROPA INTERIOR.

—¡Por todas las moscas! —gritó Cuca, que, como los demás, contempló, boquiabierta, aquella monstruosidad.

—Bueno, ¿a qué estamos esperando? —preguntó el Capitán—. ¡Por fin hemos dado con el atasco! Pongámonos manos a la obra. Cuca, retrocede solo un poco; tenemos que coger carrerilla para que el desatascador absorba bien toda esa ropa interior.

—A la orden, Capitán —respondió Cuca, que puso el barco en posición y, a continuación, inicio el avance contra la montaña de calcetines y calzoncillos.

—¡BAJA EL DESATASCADOR! —le indicó Ratas a su sobrino, que estaba encantado de poder desempeñar semejante tarea.

Sami accionó una palanca. El desatascador ejerció presión sobre la ropa y... no sucedió nada. Por más que lo intentaron, no había manera de conseguir una succión satisfactoria.

El atasco era demasiado blando.

Volvieron a intentarlo, pero, esta vez, el desatascador se hundió en la montaña de paños menores, empapada y mohosa, y... ¡desapareció!

—¡MARCHA ATRÁS! ¡MARCHA ATRÁS! —gritó el Capitán. Cuca trató de tirar de la palanca con toda la fuerza de la que fue capaz,

pero el desatascador estaba encallado entre la
pila de calcetines y calzoncillos.

—¡Vamos a darle más potencia! —exclamó
Ratas, intentando mover la palanca.

El Viejo Tallarín pegó una sacu-
dida y salió despedido hacia atrás,
pero el desatascador se partió
en dos.

—¡Lo que faltaba! —dijo el Capitán—. La ropa se ha tragado el desatascador. ¡Sami! ¿Dónde está el plan?

Sami sacó el plan que habían elaborado.

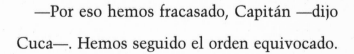

1. Encontrar la obstrucción de ropa interior.
2. Averiguar de dónde viene la ropa interior.
3. Detener la llegada de más ropa interior.
4. Deshacer el atasco.
5. Evitar la catástrofe.

—Por eso hemos fracasado, Capitán —dijo Cuca—. Hemos seguido el orden equivocado.

Antes deberíamos haber averiguado de dónde ha salido este montón de calzoncillos.

—Tienes razón —coincidió Ratas—. Pero, para poder encontrar el origen del atasco, necesitamos pasar al otro lado, y para eso... hay que desatascarlo.

El Capitán no parecía muy seguro de sí mismo. Cogió un viejo mapa del alcantarillado y marcó con una **X** el lugar donde se hallaba la obstrucción.

Mmm... Yo diría que el atasco está justo al lado del desagüe de la tubería 567, y si mis cálculos son correctos, tenemos que encontrar la entrada a... ¡sí, eso es! Tenemos que seguir esta tubería de aquí, que lleva hasta... eh... hasta aquí.

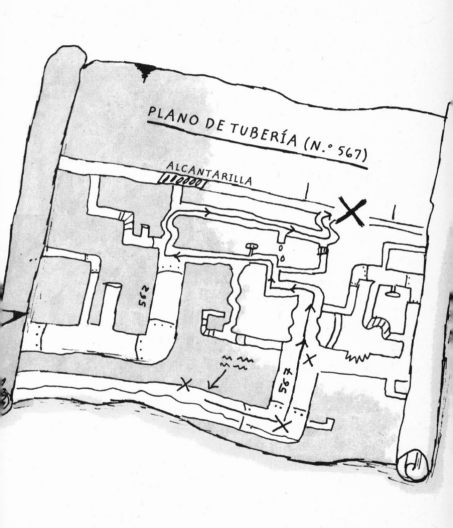

—Tal como me temía, la tubería que hay tras el atasco conduce a un hogar humano.

Sami se llevó las manos a la boca. No creía que su tío fuera a sugerir ir a un sitio tan peligroso.

—No tienes por qué asustarte —le dijo Ratas, sonriendo—. Una salida al exterior hará que nuestra aventura sea un poco más excitante.

—Pero ¿cómo llegaremos hasta allí si no podemos atravesar el atasco? —preguntó Cuca, rascándose una antena.

Sami levantó la vista y tragó saliva. En lo alto de la enorme montaña de ropa interior había un hueco minúsculo. ¿Sería lo bastante grande para que una rata pudiera pasar por él?

¿Estaría el Capitán Ratas lo bastante chiflado para intentarlo?

Sami, nervioso, señaló la abertura.

—¡Bien hecho, Sami! Por ahí podremos pasar al otro lado —dijo Ratas, exultante—. ¡Solo tenemos que escalar a lo alto de la montaña de ropa! Ya sabes lo que necesitamos ahora, Cuca...

Cuca se fue y regresó rápidamente con dos voluminosas bolsas.

—¡Nuestros trajes de aventurero! —proclamó el Capitán, entusiasmado—. ¡Cómo me alegro de que podamos volver a ponérnoslos!

Sami miró cómo su tío y Cuca subían cremalleras, abrochaban botones y se enfundaban en aquellos atuendos extraordinarios.

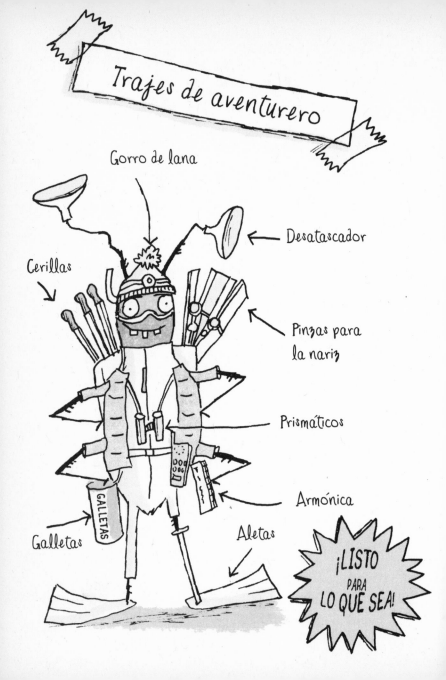

Trajes de aventurero

Gorro de lana

Desatascador

Cerillas

Pinzas para la nariz

Prismáticos

Armónica

GALLETAS

Galletas

Aletas

¡LISTO PARA LO QUE SEA!

Luz frontal

Antiparras

Catalejo

Pilas

Chaleco salvavidas

Reloj sumergible

Soga con garfio

Traje de neopreno

Walkie-Talkie

—¿Qué te parece? —preguntó Ratas, agi-
tándose y haciendo sonar el equipo.

Sami no pudo evitar soltar una risita.

—Muy... eh... profesional. ¿Hay uno para mí?

Cuca puso una cara rara, y el Capitán bajó
la mirada hacia sus aletas.

—Lo siento, Sami, pero tú
no puedes venir. Es de-
masiado peligroso. No
sabemos con qué nos
encontraremos allí arri-
ba, y tu madre se pondría
furiosa conmigo si no te de-
vuelvo de una pieza.

Sami se sintió tan aliviado como decepcionado.

Por un lado, quería participar en la misión, pero, por el otro, los humanos le aterrorizaban.

—Eres un miembro importante de nuestro equipo —dijo el Capitán Ratas, dándole unas palmaditas en la cabeza a su sobrino—, pero alguien tiene que quedarse en *El Viejo Tallarín* y esperar junto a la radio hasta que volvamos.

Inmediatamente, Sami se sintió mejor. Ocuparse del barco era una gran responsabilidad.

Sirviéndose de una catapulta, Cuca lanzó la soga con el garfio, que quedó amarrado en lo alto de la pila. Con una mezcla de asombro y envidia, Sami se quedó mirando cómo Cuca y el Capitán escalaban la montaña de ropa interior, hasta que no fueron más que dos pe-

queñas siluetas en la cima. Entonces, Sami se encaramó al mástil y movió la bombilla de modo que el haz de luz atravesase la niebla y su tío y Cuca pudieran ver hacia dónde se dirigían. Por fin, desaparecieron por el otro lado.

—Adiós —dijo Sami, más para él mismo que para ellos.

Permaneció en la cubierta unos instantes, escuchando el zumbido de los mosquitos, has-

ta que miró por la ventana del camarote y reparó en el mapa. ¡Se lo habían olvidado!

Sin perder un segundo, fue hasta la radio y trató de comunicarse con el Capitán Ratas.

—Al habla Sami. Os habéis olvidado el mapa. Corto.

Se oyó una especie de chisporroteo al otro lado de la línea.

—¿Hola? —dijo Sami—. ¿Hay alguien ahí? Cambio.

Sami oyó el sonido de un chapoteo, seguido de un extraño ruido semejante a un gorgoteo, y NADA MÁS.

La señal se cortó, y él se quedó esperando, mientras miraba por el ojo de buey.

Y esperó...

Y esperó.

Pensó en los peligrosos humanos y esperó que Ratas y Cuca se encontraran bien. Ya sabía que habían vivido otras aventuras antes, pero ¿tan arriesgadas como aquella? ¿No corrían el riesgo de perderse sin el mapa?

Sami levantó la mirada hacia lo alto de la torre de calcetines y calzoncillos y vio que, de un costado, colgaba la cuerda que Ratas y Cuca habían usado para escalar.

¿Podía?

¿Podía?

¡Sí! TENÍA que ir a buscarlos. ¡Cuca y su tío **necesitaban** su ayuda!

Capítulo 7
Aguas profundas

Sami cogió su mochila y recorrió el barco en busca de cualquier cosa que pudiera serle útil en su viaje. Por supuesto, no iba a estar ni mucho menos tan bien equipado como Cuca y el Capitán, pero aquello era una emergencia y no había tiempo que perder.

Esto fue lo que metió dentro:

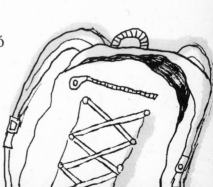

Su diario y un lápiz en caso de necesitar anotar los acontecimientos

Soga/cuerda

Un snack con sabor a queso

El mapa de su tío

Un paraguas

Se calzó un par de botas de lluvia y, haciendo acopio de coraje, dio un gran SALTO hacia la cuerda que colgaba de la montaña de paños menores... y se dio de bruces contra el suelo.

—¡Ay!

Sami no estaba seguro de estar hecho para aquella aventura. Se sacudió el polvo y volvió a saltar, y esta vez consiguió asir la soga con firmeza. Inició el ascenso y escaló más alto de lo que había escalado jamás. Desde arriba, *El Viejo Tallarín* parecía pequeño y desvencijado, y su silueta quedaba difuminada por los remolinos de niebla amarillenta. El barco no tardó en desaparecer de la vista de Sami, quien, para vencer al miedo y poder seguir subiendo, tuvo que pensar en su tío y en Cuca.

Tras un último esfuerzo, alcanzó el final de la cuerda. Las orejas le rozaban contra la parte superior de la tubería. Respiró hondo y procedió a introducirse en el agujero por el que sus compañeros se habían metido antes.

¡CHOF, CHOF!

Sami fue arrastrándose sobre los suaves dobleces de un pañal mugriento. No parecía que aquel montón de ropa tuviera fin, y eso lo asustó momentáneamente, convencido de que iba a quedarse atascado allí arriba para siempre. Sin embargo, ahora que había llegado hasta

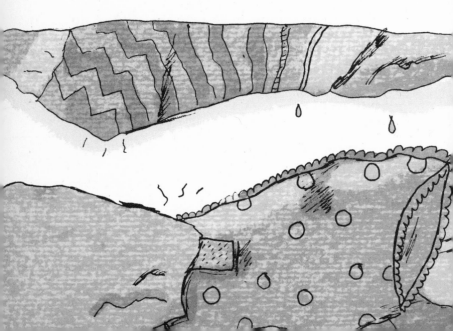

ahí, ya no podía dar marcha atrás. Y entonces, con el siguiente movimiento, se encontró asomándose por el extremo de un calcetín agujereado. Por fin pudo respirar aire fresco de cloaca. ¡Estaba al otro lado de la montaña de ropa interior!

Miró hacia abajo y vio su propio reflejo. El agua que había en aquel lado del atasco era tan profunda como alta era la montaña de paños menores. Las botas de lluvia no iban a ser suficiente.

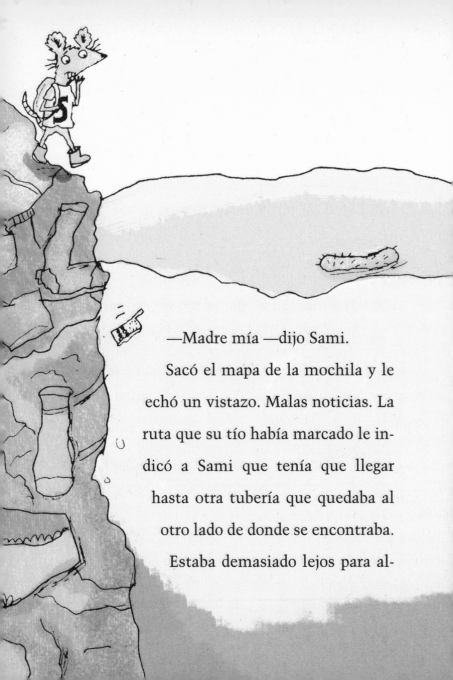

—Madre mía —dijo Sami.

Sacó el mapa de la mochila y le echó un vistazo. Malas noticias. La ruta que su tío había marcado le indicó a Sami que tenía que llegar hasta otra tubería que quedaba al otro lado de donde se encontraba. Estaba demasiado lejos para al-

canzarla de un salto. ¡Iba a tener que nadar!

Sami recordó la última clase de natación que había recibido. Llevaba puestos manguitos, un flotador y aletas.

—¡Mueve las piernas! —le había gritado el instructor, pero Sami se había asustado y se había hundido.

Ahora, contemplando aquel lago sin fondo de agua marrón, deseó haberse tomado las clases con más dedicación. De haberlo hecho, incluso hubiese sido posible que, en lugar de pasar sus vacaciones en la cloaca, se hubiera ido a aprender surf en las Bahamas.

No obstante, ahora no se encontraba en una clase de natación. Ratas y Cuca podían estar en peligro, así que tenía que hallar una manera de llegar hasta esa tubería.

Volvió a meter la mano en la mochila, sacó el aperitivo de queso, se lo metió en la boca y lo mascó mientras contemplaba su destino. Entonces, esperando encontrar algo que pudiera serle de ayuda, dio la vuelta a la mochila y vació su contenido. Al hacerlo, el paraguas se abrió y cayó al agua.

¡Plof!

«De todos modos —pensó Sami—, «¿para qué iba a servirme un paraguas en una cloaca?»

Sin embargo, el paraguas no se hundió. De hecho, flotaba bastante bien, como un bote.

El paraguas se estaba alejando. ¡No había tiempo que perder!

Sami se quitó las botas, cerró los ojos, se agarró la cola y saltó. Una vez dentro del agua, se puso a chapotear frenéticamente, tratando de agarrar el borde del paraguas, hasta que lo tocó y se aferró con fuerza a él, tratando en todo momento de mantener los bigotes por encima del agua.

—¡Estoy flotando! —exclamó, aunque nadie pudiese oírlo. Estiró las piernas, empezó a agitarlas y se movió un poquito

«Sigue pataleando», le decía la voz de su instructor en su cabeza.

Sami movió las piernas todo lo rápidamente que pudo. También probó con las patas delanteras, y enseguida se dio cuenta de que no le hacía falta sujetarse al paraguas; era capaz de flotar sin él.

—¡Estoy nadando! —gritó para sí mismo. No podía creerlo.

Antes de poder darse cuenta, Sami había alcanzado la entrada de la otra tubería y había salido del agua. Se sacudió, escurrió su camiseta y

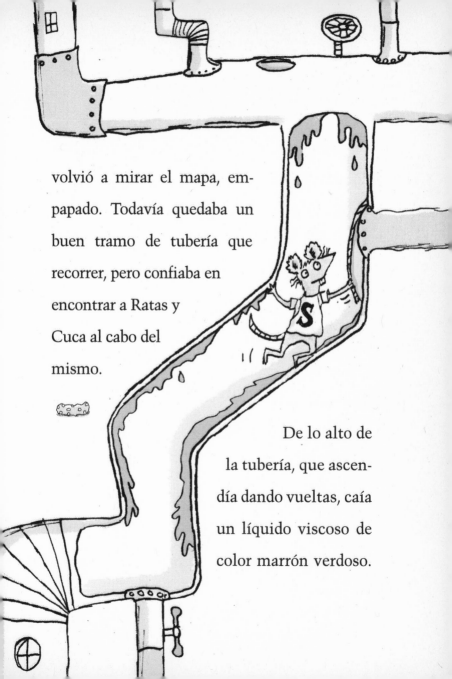

volvió a mirar el mapa, em-
papado. Todavía quedaba un
buen tramo de tubería que
recorrer, pero confiaba en
encontrar a Ratas y
Cuca al cabo del
mismo.

De lo alto de
la tubería, que ascen-
día dando vueltas, caía
un líquido viscoso de
color marrón verdoso.

Sami iba subiendo, tratando de no resbalar. Cada tanto se iba encontrando algún calcetín solitario, lo cual le indicaba  que estaba yendo en la dirección correcta, es decir, hacia la causa de la obstrucción. También encontró un rastro de migas recientes de galletas de chocolate, cosa que confirmaba que el Capitán y Cuca habían pasado antes por ahí.

A cierta altura de la tubería, Sami tuvo que saltar hasta una tubería adyacente para evitar un gran torrente de agua que pasó de largo, arrastrando consigo unos grandes bombachos de señora. Al final de

aquella tubería había un sumidero de alcantarilla. Sami asomó la cabeza por la rejilla y des-
cubrió que estaba en una calle flanqueada de
hogares humanos. Se parecía un poco a la calle que pasaba por encima de su habitación.

Sami anotó el nombre de la calle en su diario y escribió una nueva entrada:

Querido diario:

¡Estoy viviendo mi propia aventura!

Hoy he escalado una enorme pila de ropa interior y luego he aprendido a nadar. Todavía no me
lo puedo creer. No obstante, hay un problema: no
tengo la menor idea de dónde están Cuca y el
Capitán Ratas. Estoy tratando de seguir el mapa
de mi tío, pero como se ha mojado, varias partes
han quedado borrosas, y ahora tengo que adivinar
por dónde voy. Espero que el Capitán recuerde qué

camino debe seguir. Por el momento, mi única pista han sido las migajas húmedas de galleta.

Ahora tengo que seguir adelante e intentar dar con mi tío y con Cuca. Si no lo consigo y alguien encuentra este diario, por favor, háganle saber a mi profesora, la señorita Picores, que he hecho los deberes.

Intrépidamente,

Sami

(Desde una alcantarilla de la calle Barrington)

Hogares humanos

Yo estoy aquí

CALLE BARRINGTON

Capítulo 8
El monstruoso bebé humano

Sami siguió adelante, y, a medida que iba avanzando, las tuberías parecían ser cada vez más estrechas y mugrientas. Se estaba aproximando al punto del mapa que su tío había marcado como «destino final».

En efecto, en cuanto pasó por un codo particularmente estrecho, vio que, más allá, había luz.

¡Guau!

Atravesó un pequeño embalse de agua, deslumbrado por el resplandor procedente del otro lado, y, cuando emergió, se halló mirando por el borde de... ¡un inodoro! Se encaramó al impoluto asiento de plástico blanco y miró a su alrededor, asombrado por la inmensidad que lo rodeaba. Se frotó los ojos, incrédulo. ¡Se trataba de un lavabo humano!

Por fotos que había visto en la escuela, Sami sabía el aspecto que tenían las casas de los humanos, pero nunca

había estado en una. A las ratas se les enseñaba que tenían que evitar salir al mundo exterior, debido a los peligros que encerraba. Ciertamente, un cuarto de baño humano era un sitio que daba miedo; un humano podía aparecer en cualquier momento y hacerlo prisionero o convertirlo en su mascota. A pesar de eso, Sami estaba sorprendido por lo blanco, lo limpio y lo reluciente que estaba todo. Le daba la sensación de estar en un lugar lejano y exótico.

Algunas de las cosas que veía le resultaban familiares, puesto que montones de objetos utilizados por los humanos acababan llegando a las cloacas por accidente. Sami procedió a susurrar para sí mismo los nombres de las cosas que reconoció.

Champú

Papel higié-nico

Esponja

Patito de goma

Jabón

JABÓN

Pasta y cepillos
de dientes

Espuma de afeitar

Rollo de papel higiénico: ¡más páginas para su diario!

Esponja: había visto a ratas bebé utilizarlas como trampolines.

Jabón: no resultaba de mucha utilidad en las cloacas; a las ratas les gustaba mantener su olor natural.

Patito de goma: Sami se preguntó por qué a los humanos les gustaba esa clase de cosas.

Pasta y cepillos de dientes: no sabía para qué lo usaban los humanos, pero a las ratas les gustaba peinarse los bigotes con esos cepillos.

Espuma de afeitar: Sami había descubierto que no era comestible cuando unas pobres ratas de su clase la habían confundido con helado. La señorita Picores les había dicho que los humanos la usaban porque no les gustaba tener pelo en la cara. Por lo visto, los humanos no solamente eran malos, sino que, además, ¡estaban chalados!

En el suelo del lavabo había una gran pila de ropa interior sucia, aunque no era ni mucho menos tan grande como la montaña de paños menores que había debajo, en la cloaca.

A su lado había algo que Sami no reconocía, probablemente porque era demasiado voluminoso para caber por las tuberías que iban a dar a la cloaca. Era grande, de plástico, y tenía el aspecto de una jaula. Sami miró a través de los barrotes, y...

—¡Tío! ¡Cuca!

Estaban atrapados dentro, asomados por debajo de un trapo. Tenían las antiparras empañadas y la cara manchada de chocolate. Debían de haberse comido las provisiones que les quedaban.

—¡Sami! —gritaron Cuca y el Capitán.

—Quedaos donde estáis; voy a intentar sacaros de ahí —respondió él. La alegría que le producía haberlos encontrado le insufló valor.

—¿Cómo? —preguntó Ratas—. Bueno, ¿qué más da? ¡No sabes cuánto me alegro de que estés aquí! A Cuca se le cayeron los walkie-talkies al río y no pudimos ponernos en contacto contigo. Estamos en apuros.

—Ya lo veo —dijo Sami—, pero ¿qué hacéis escondidos debajo de ese trapo?

Justo entonces se oyó un sonido monstruoso procedente del otro lado de la puerta, y Sami obtuvo la respuesta a su pregunta.

El ruido era tan fuerte que a Sami le dolieron los oídos.

—¡A cubierto, que vuelve! —exclamó el Capitán.

—¡Un humano! —gritó Cuca.

Sami echó un vistazo a su alrededor, buscando desesperadamente algún lugar donde esconderse. Saltó del asiento del inodoro al suelo, y de ahí a la bañera, trepando por el costado tan rápidamente como sus patas le permitían. Consiguió ocultarse tras la cortina justo a tiempo.

¡PLAM!

La puerta del cuarto de baño se abrió.

Sami se asomó y vio que un temible y gigantesco humano entraba tambaleándose en el lavabo. Tenía una horrible sonrisa que dejaba ver un único diente. No tenía pelo en la cabeza y llevaba puesto un enorme pañal igual que los que, entre otras prendas, obstruían la entrada de agua al Río Viscoso. Sami se estremeció y observó con horror que el gigante cogía un calcetín de la pila de ropa sucia, se acercaba al inodoro y lo tiraba dentro. ¡PLOP!

Entonces, el humano se puso de puntillas, tiró de la palanca y, entre risas, ¡vació la cisterna! Sami sintió escalofríos.

A continuación, el monstruito alargó su rechoncha mano y cogió unos calzoncillos.

¡Plaf! Al inodoro.

Conque era eso lo que había causado el atasco. ¿Cómo iban a hacer para detener a ese humano horripilante?

—Nuestro querido río no podrá aguantar esto mucho tiempo más —murmuró el Capitán a través de los barrotes de su jaula.

—**¡MÁS!** —dijo el humano, moviéndose hacia la prisión de plástico. Ratas y Cuca volvieron a esconderse bajo el trapo.

Sami pensó en algunos de los objetos que había pescado del río.

Un dinosaurio decapitado

Una muñeca sin piernas

Un osito de peluche sin ojos

Si esos habían sido también víctimas del humano, Sami prefería no pensar el daño que podría hacer a una rata o a una cucaracha. Por desgracia, sus peores temores estaban a punto de hacerse realidad. El gigante estiró la mano hacia Cuca y el Capitán. Sami tenía que hacer algo, ¡y rápido!

—¡Yuju! ¡Aquí! —chilló, agitando los brazos y bailando junto a la bañera.

El humano se volvió.

—**¡RATONCITO!** —exclamó, yendo hacia Sami.

Era como un caótico juego del gato y el ratón, o, en este caso, del humano y la rata. Sami se puso a correr por el cuarto de baño, escondiéndose detrás de cada cosa que iba encontrando, casi sin tiempo para recuperar el aliento antes de seguir huyendo a toda velocidad.

El humano le pisaba los talones, mientras iba apartando cosas a manotazos.

_¡RATONCITO! ¡AQUÍ, RATONCITO!

Justo cuando a Sami se le estaban acabando los lugares donde ocultarse, se oyó un grito procedente de otra habitación.

—Hora de merendar —anunció una voz de mujer, haciendo que el monstruo se detuviera y, aparentemente, se olvidara del «divertido» juego al que había estado jugando hasta entonces, para, acto seguido, salir del lavabo.

—Por poco —dijo Sami, que se desplomó sobre una esponja y trató de reponerse.

—¡Bien hecho, Sami! Eso ha sido... estúpidamente valiente —lo felicitó su tío, que no daba crédito a lo que acababa de presenciar—. Ahora tenemos que resolver este asunto de una vez por todas y salir de aquí antes de que ese malvado humano regrese. ¡Libéranos!

Capítulo 9
Rescate de la jaula del mal

Sacarlos de ahí no iba a ser tan fácil como parecía en un principio. La gran jaula de plástico era demasiado pesada para levantarla, incluso siendo dos ratas y una cucaracha inusualmente fuerte. Al Capitán Ratas se le pusieron las orejas de color rosa intenso por el esfuerzo.

—No quiero quedarme atrapado aquí dentro para siempre, Capitán —gimoteó Cuca con dramatismo—. Esto es como una prisión. De hecho, he estado en prisión alguna vez y tienen mucho más para comer que nosotros.

—¡Haz el favor de mantener la compostura! —le ordenó Ratas—. Sami nos sacará de aquí, ya lo verás. Además, tú y yo ya hemos estado metidos en peores situaciones antes. ¿Acaso no te acuerdas de aquella aventura con las sanguijuelas caníbales?

Cuca asintió, cariacontecido.

Sami, que había estado pensando en cómo sacarlos de allí, recordó algo que le habían enseñado en la escuela que podía serle útil: usando una palanca, pueden levantarse cosas pesadas con menos esfuerzo. La señorita Picores estaría orgullosa de él, pensó. Miró a su alrededor, buscando objetos que pudieran servirle, y deseó haber tenido a mano alguno de los tesoros que habían intentado vender en Porquería de la Cloaca. Le hubiesen venido bien en ese momento. Trepó hasta lo alto del lavamanos y encontró un cepillo de dientes de color violeta brillante. También vio que, junto al inodoro, había un rollo de papel higiénico gastado.

Colocó el cepillo encima del rollo y metió un extremo debajo de la Jaula del Mal.

Entonces, Sami empujó hacia abajo con fuerza sobre el otro extremo.

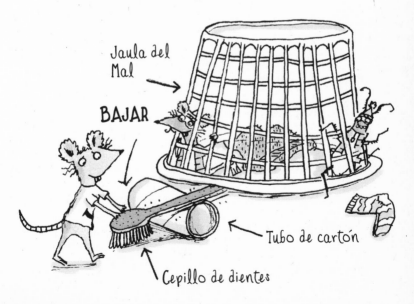

Jaula del Mal

BAJAR

Tubo de cartón

Cepillo de dientes

La jaula se levantó, aunque tan solo un poquito.

Había que empujar con más fuerza, decidió Sami. Se subió encima de la bañera y contempló el cepillo de dientes. Respiró hondo, corrió hacia el borde... y saltó.

¡Plam!

¡Plonk! ¡Plam!

La jaula salió despedida hacia atrás.

—¡Al fin libres! —exclamó Cuca, agitando con alegría su pata de palo. Se quitó el gorro e hizo una reverencia—. Y todo gracias a ti, Sami.

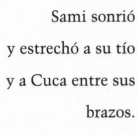

Sami sonrió y estrechó a su tío y a Cuca entre sus brazos.

«¡BUUUAAA! ¡NO ME GUSTA LA COMIDA! ¡QUIERO EL RATONCITO»

Chilló alguien desde la habitación contigua.

Sami, Ratas y Cuca se quedaron petrificados. La cría de humano no tardaría en regresar.

—Subamos al lavamanos, enseguida —ordenó el Capitán—. Por muy grande que sea ese monstruo, seguro que no llegará hasta ahí.

Una vez que estuvieron sentados dentro del lavamanos, Sami volvió a reconocer el olor familiar y reconfortante de la cloaca a través del desagüe. «Parece que queda tan lejos...», pensó, melancólico.

El Capitán se sacó del bolsillo el plan que habían elaborado antes de partir. Estaba húmedo y cubierto de migas de galleta.

—¿Qué es lo que viene ahora? —se preguntó—. Hemos encontrado el atasco de ropa interior, sabemos de dónde procede, y ahora tenemos que evitar que siga produciéndose. Mmm... —murmuró Ratas—. Ahora me doy cuenta de que nuestro plan no es un plan en absoluto.

Sami puso los ojos en blanco. Él lo supo desde el principio.

—¿Cómo podemos evitar que este humano siga tirando ropa vieja sin control por el retrete? —musitó el Capitán—. Vamos, todo el mundo a pensar.

Al cabo de cinco minutos...

—Mmm —dijo Ratas.

—Eeeh —dijo Cuca.

—Ummm —dijo Sami.

Al cabo de seis minutos...

Cuca había dejado de pensar y estaba tratando de cantar una canción a base de pedos.

Y eso le dio a Sami una idea.

Cogió el tubo de pasta dentífrica y se puso a escribir su plan en las paredes del lavamanos.

Nuevo plan para salvar a Porquería de la Cloaca...

(Y a nosotros del fracaso y la humillación...)

1. Cuca regresa al otro lado del atasco vestido con una capa ignífuga.

2. Enciende una mecha conectada con la montaña de

3. ¡BUM!

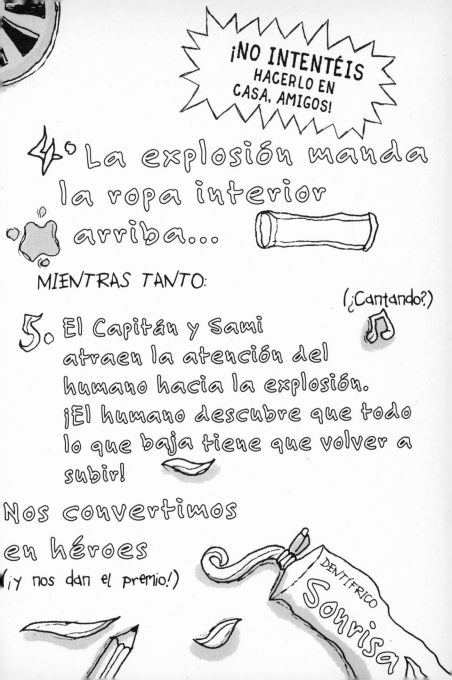

¡NO INTENTÉIS HACERLO EN CASA, AMIGOS!

4° La explosión manda la ropa interior arriba...

MIENTRAS TANTO:

(¿Cantando?)

5. El Capitán y Sami atraen la atención del humano hacia la explosión. ¡El humano descubre que todo lo que baja tiene que volver a subir!

Nos convertimos en héroes (¡y nos dan el premio!)

DENTÍFRICO Sonrisa

—¿Lo ves? —exclamó Sami una vez que terminó de escribir—. Por descontado, el Capitán y yo tendremos que escapar por el inodoro tras la explosión.

—¡ERES UN GENIO! —gritó Ratas, con una sonrisa de oreja a oreja—. Muchacho, acabas de ser ascendido a Especialista Aventurero.

Cuca había pasado accidentalmente encima del plan y se había llenado las patas de pasta de dientes. Sami tuvo que explicarle que iba a tener un papel determinante, y que debería hacer el mayor flambeado de su vida. La cucaracha se entusiasmó de tal modo que sacó su armónica y se puso a cantar y a bailar.

—¡Grifos de oro, nuestros pronto serán! ¡Preciosos grifos de oro, hermosos, relucientes y...!

—¡Chist! —lo hizo callar el Capitán Ratas—. El gigante puede oírnos. Todavía no queremos que venga.

Capítulo 10
¡A pasárselo bomba!

Diez minutos después, Sami y su tío se encontraban sentados al borde del inodoro, escuchando con atención. Habían envuelto a Cuca en una capa ignífuga y lo habían ayudado a meterse en un submarino hecho con un bote de champú vacío. También se habían asegurado de que tuviera a su disposición una buena cantidad de cerillas, envueltas en papel de alumi-

nio para que no se mojaran, y le habían dado instrucciones estrictas de que no las encendiera hasta que no estuviese completamente listo (lo cual significaba esperar hasta que estuviese al OTRO lado del atasco). Entonces, tiraron de la cadena y lo mandaron inodoro abajo.

—Que los vientos gaseosos te

¡RECORDAD!
LOS NIÑOS NUNCA TIENEN
QUE ENCENDER CERILLAS.

acompañen. ¡Buena suerte! —gritó el Capitán por encima del ruido del agua que caía.

Una vez que Cuca descendió por la tubería, agitando las patas con entusiasmo, Sami cruzó sus zarpas detrás de la espalda. Todavía había muchas cosas que podían salir mal con aquel plan, y no estaba seguro de que Cuca recordara todo lo que tenía que hacer. Se estremeció de solo imaginarse lo que podía suceder si, en lugar de salir disparada tubería arriba, la explosión mandaba la ropa interior hacia Porquería de la Cloaca.

—Ah, me olvidaba de nuestros vehículos de escape —dijo el Capitán, esbozando una sonrisa—. Recuerda sujetarte con fuerza al tuyo cuando tiremos de la cadena y saltemos dentro del inodoro. —Ratas señaló la cuerda que habían atado a la palanca de la cisterna.

Ya estaba todo listo. Solamente tenían que esperar a Cuca.

Sami pensó en la cucaracha. Con un poco de suerte, ya se habría soltado de la botella de champú, habría escalado la montaña de paños menores y lo habría dispuesto todo para la detonación de la misma. No obstante, ¿qué pasaba si el trayecto de vuelta lo había dejado aturdido?

El Capitán no parecía estar ni mucho me-

nos tan preocupado como su sobrino. Volvía a estar en modo «aventurero intrépido», y no dejaba de mirar su reloj de bolsillo y de caminar por el borde del inodoro, impaciente.

—He estado haciendo cálculos —dijo—. Si

no me equivoco, deberíamos oír algo dentro
de cinco, cuatro, tres, dos, uno...

Silencio.

Sami tragó saliva.

—Esa cucaracha parlanchina está loca por
ganar esos preciosos grifos de oro —dijo Ratas,
tratando de animarlo—. No nos defraudará.

Y, entonces...

... Fizzzzzz ...

Un ruido atronador resonó por la tubería, y el inodoro tembló.

—¡Nuestro turno! —exclamó Sami.

Sin perder un segundo, su tío y él se pusieron a cantar a voz en cuello.

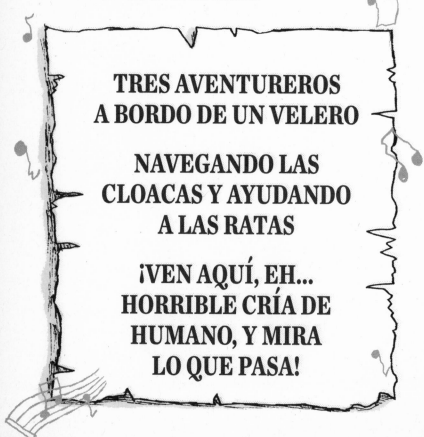

**TRES AVENTUREROS
A BORDO DE UN VELERO**

**NAVEGANDO LAS
CLOACAS Y AYUDANDO
A LAS RATAS**

**¡VEN AQUÍ, EH...
HORRIBLE CRÍA DE
HUMANO, Y MIRA
LO QUE PASA!**

La canción pareció funcionar. Oyeron que algo caía al suelo al otro lado de la puerta del lavabo. Sami supuso que el humano había tirado su plato de comida.

—¡VOY A JUGAR CON EL RATONCITO! —se oyó chillar al humano, seguido del sonido de pasos inseguros dirigiéndose hacia el cuarto de baño.

Sami y el Capitán continuaban encaramados en el borde del inodoro, que seguía temblando. El estruendo proveniente de las tuberías era cada vez mayor.

—Tenemos que salir de aquí. Esto va a explotar —gritó el Capitán.

Sami y él se subieron arriba de la cisterna justo a tiempo.

Ocurrieron dos cosas a la vez:

1. El gigante irrumpió en el lavabo.

2. Del inodoro salieron disparados un montón de calzoncillos, calcetines y pañales empapados y apestosos, juguetes rotos y gran cantidad de agua estancada de color verduzco, que salpicó las paredes, el techo, la bañera y el suelo.

¡CHOF! ¡Chof! ¡CHOF! ¡Chof! ¡CHOF!

Durante un momento, el humano se quedó contemplando la escena, estupefacto. Entonces, cuando tomó conciencia de lo que acababa de suceder, comenzó a gritar.

"¡BUAAAAAA! ¡MAMÁ!"

Había llegado la hora de irse.

—¿Preparado? —preguntó el Capitán, aferrándose al patito de goma y saltando dentro

del inodoro. Sami se lanzó con cautela detrás de él, agarrado a su pastilla de jabón y pataleando, puesto que nadar todavía era algo nuevo para él.

Justo cuando estaban a punto de pasar por el codo de la tubería, otro humano entró en el cuarto de baño, pero este era MUCHÍSIMO más grande que el otro. Su voz retumbó por el lavabo como un trueno.

—¡BERNABÉ! ¿QUÉ DIANTRE ESTABAS HACIENDO? ¡NO HAY QUE TIRAR COSAS POR EL INODORO. ¡NIÑO MALO!

—¡Listos! —exclamó Ratas, tirando de la cuerda que habían atado a la palanca de la cisterna.

Sami sonrió entusiasmado y se aferró a la pastilla de jabón. Sintió un poco de lástima por la cría de humano, pero, por lo menos, estaba seguro de que por ese retrete nunca más iban a caer calzoncillos ni calcetines.

—¡YA! —gritó el Capitán.

¡Fluuuus!

¡Yija!

¡Yuju!

Sami fue absorbido por el inodoro a gran velocidad. Era como un supertobogán acuático.

—¡Jajaja! ¡Esto es fantástico! —exclamó Ratas, cogiendo con fuerza el patito de goma.

A Sami le costaba un poco sostenerse encima de la pastilla de jabón, resbaladiza como era. No dejaba de patalear, pero eso tampoco lo hacía más fácil. Así, decidió sentarse sobre la pastilla.

De repente, se encontraban en la cresta de una gran ola Río Viscoso abajo. La explosión había desbloqueado la tubería de la cloaca y el agua estancada del otro lado de la montaña de ropa interior había empezado a fluir de vuelta al lugar de donde había venido.

Sami fue llevado por la corriente. Agarró

con fuerza los costados de la pastilla de jabón y, de un salto, se puso de pie encima de ella. Se tambaleó levemente, pero estiró los brazos y no tardó en recuperar el equilibrio.

—¡Estás surfeando, joven lobo de mar! —lo vitoreó el Capitán desde encima del pato.

«¿De veras? ¡Sí, estoy surfeando!», pensó Sami, maravillado.

Desde lo alto de la ola vio que los pocos calcetines, calzoncillos y gases tóxicos que quedaban en la tubería eran arrastrados por la corriente, revelando tras de sí las divinas aguas, sucias y marrones, del Río Viscoso. El embozo había desaparecido.

—¡Yuju! ¡Ratabunga! ¡Lo hemos logrado! —gritó Sami mientras surfeaba sobre el río, directo a Porquería de la Cloaca, dejando detrás una estela de burbujas de jabón. ¿Quién le hubiese dicho que una pastilla de jabón podía ser una tabla de surf tan efectiva?

Más adelante, Sami divisó a Cuca y a *El Viejo Tallarín*, que subían y bajaban encima de otra ola. Cuca estaba cubierto de hollín de la cabeza a los pies, y el barco tenía los bordes chamuscados.

Los calzoncillos que hacían las veces de vela se estaban quemando por una esquina, pero aun así el barco seguía flotando.

—¡Ah del barco! —llamó Cuca.

—¡Hola! —voceó Sami, saludando con los brazos, mientras pasaba de largo surfeando.

Al acercarse al puerto de Porquería de la Cloaca vio que la gente comenzaba a salir de sus casas, abriendo y cerrando los ojos debido a la renovada claridad del ambiente, y respirando el aire fresco.

El alcalde bajaba por la calle dando zancadas, ataviado con su bata de gala.

La niebla, purulenta y amarillenta, se estaba disipando, y todos empezaban a percatarse de que el olor, aunque todavía bastante fuerte, no lo era tanto como para no poder soportarlo sin llevar una pinza en la nariz. Las moscas, a las que les dolía la cabeza horriblemente de tanto festejar, estaban abandonando la ciudad. Porquería de la Cloaca volvía a tener un aspecto más propio de su fama.

Multitud de ratas y bichos, e incluso la

solitaria paloma perdida, se reunieron a lo largo del puerto y las orillas del río.

Vieron cómo repetidas oleadas bañaban la ciénaga asquerosa en que se había convertido su bienamado Río Viscoso, devolviéndole su aspecto habitual.

La muchedumbre no tardó en reparar en Sami, subido en su resbalosa tabla de surf, y prorrumpió en vítores.

Capítulo 11
El retorno de los héroes

—¡Han evitado la catástrofe! —oyó Sami que anunciaba el alcalde a través de un megáfono.

La gente los aclamaba, exultante, mientras él alcanzaba la costa montado en la ola. Los periodistas y fotógrafos de la ciudad se abrieron pasó hasta la primera línea, y se lanzaron a disparar sus cámaras y anotar en sus libretas.

Hubo otra ronda de aplausos y ovaciones cuando Cuca y la maltrecha embarcación hicieron su aparición. Por fin, el gentío se volvió loco cuando divisó al Capitán subido encima del patito de goma. Ratas se inclinó ante la masa y saludó como si fuera el rey del río.

Tan pronto la ola rompió, Sami intentó bajar de su jabonosa tabla de surf con elegancia, pero terminó perdiendo el equilibrio y nadando al estilo perro hasta ser sacado del agua por varios ciudadanos muy amables.

Al cabo de unos momentos, Sami, Cuca y
el Capitán Ratas estaban de pie en el muelle,
rodeados de reporteros y admiradores.

¿Cómo lo has conseguido?

¿Dónde aprendiste a hacer surf?

¿Habéis traído la cabeza del monstruo de los calcetines?

Sami estaba demasiado exhausto para responder a ninguna pregunta, así que se limitó a quedarse quieto y sonreír, mientras el Capitán, bañándose de gloria, relataba la aventura una y otra vez. Cada vez que volvía a contar la historia, el dramatismo era más exagerado. Con todo, el Capitán felicitó públicamente a su sobrino por el valeroso rescate, y por ser el «cerebro» del plan para salvar la cloaca.

—No podríamos haberlo hecho sin él —aseguró.

—¡Tres hurras por Ratas, Cuca y Sami! ¡Hip, hip, hurra! —coreó la multitud.

Esa noche, el alcalde invitó a los héroes a un opíparo banquete junto a los distinguidos miembros del Antiguo Consejo de la Cloaca. El menú era delicioso. Cuca se ofreció a flambear el camembert para demostrar exactamente cómo había provocado la explosión de paños menores. El Capitán pareció olvidar por completo sus modales en la mesa y comió segundo, tercer y hasta cuarto plato. Cuando pensó que nadie lo veía, incluso se guardó porciones extra en los bolsillos. Sami, por su parte, comió más de lo que había comido jamás en toda su vida.

MENÚ

Sopa de pescado

Queso azul tostado y crepes de babosa crujiente

Camembert flambeado y soufflé de pulgas

Tarta de queso con fresas y salsa viscosa

Huevos de mosca bañados de chocolate

Entre bocado y bocado, el alcalde le contó a Sami lo impresionado que estaba de haberlo visto surfear; inclusive, le pidió que le diera algunos consejos.

—Lo cierto es que yo tampoco soy muy buen nadador; me gusta más bailar —reconoció el hombre cuando Sami le dijo que acababa de aprender a nadar.

Tras la cena, a Cuca se le encendió la mirada cuando el alcalde desveló los grifos de oro.

El Capitán los aceptó de buen grado.

—Agua fría y agua caliente —dijo Cuca entre suspiros, acariciándolos.

Mi momento favorito - ¡Cuca!

Más tarde, de vuelta en *El Viejo Tallarín*, Sami durmió como un tronco, igual que todos en Porquería de la Cloaca. Estaba demasiado cansado para escribir en su diario, pero al día siguiente dedicó un rato a narrar su aventura.

El Capitán le trajo un ejemplar de un diario local.

Noticias Viscosas

2 CENTAVOS

SAMI EL SURFERO DETIENE LA CATÁSTROFE

El Capitán Ratas y su tripulación de aventureros han salvado a Porquería de la Cloaca del desastre de la montaña de ropa interior putrefacta.

¡¡¡La culpa era de una monstruosa cría de humano!!!

El Capitán Ratas, aventurero intrépido y técnico de alcantarillas, consiguió ayer devolver la normalidad a la cloaca y al Río Viscoso. Los detalles de esta hazaña pueden leerse en la página 3.

Felicitó a su joven ayudante y «especialista aventurero» Sami (el héroe que aparece surfeando en primera página) por su rapidez de pensamientos y su coraje bajo presión, y alabó las grandes aptitudes pirómanas de Cuca, su ayudante.

Ir a la página 2 para leer la reacción del alcalde y ver las imágenes de la entrega de la recompensa.

Ir a la página 15 para ver diferentes usos de los calcetines y calzoncillos humanos (todavía quedan algunos junto al puerto).

Sami se quedó mirando su foto. Estaba en primer plana y, lo que era más importante, ¡aparecía surfeando!

—También tienes correspondencia —le informó su tío, entregándole sendas cartas. Una era de su madre. Decía así:

Querido Sami:

Acabo de ver tu foto en el diario. Estoy muy orgullosa de ti. Sin embargo, espero que tu tío no te haya expuesto al peligro. No sabía que era un aventurero. Pensaba que simplemente se ocupaba del mantenimiento de la alcantarilla. Cuídate mucho y espero verte dentro de unas semanas. ¡Te echo de menos!

Te quiere, mamá.

P.D.: Me alegro mucho de que por fin hayas aprendido a nadar. ¿Cómo lo has logrado?

Sami se sorprendió al ver que la otra carta
era de su profesora:

ESCUELA DE RATAS
Ratus ~ Excellentia

Querido Sami:

Te escribe tu profesora, la señorita Picores. No
sabes cuánto me ha alegrado ver tu cara en el periódico esta mañana. ¡Menuda historia tienes para contar-
nos cuando vuelvas de vacaciones! Asegúrate de enviar-
les una postal a tus compañeros en las Bahamas. Estoy
segura de que les encantará saber de tus aventuras.
Estoy deseando leer tu diario.

Con cariño,

la señorita Picores.

Sami levantó la vista de las misivas y vio que el Capitán y Cuca estaban cargando *El Viejo Tallarín* con provisiones.

—Hemos vendido uno de los grifos —le contó Ratas—, y vamos a restaurar el barco. ¡Basta de parches y de vías de agua! Esta vez vamos a dejarlo como nuevo.

Cuca subió una caja de pinturas a bordo. No tenía cara de que le hubiera hecho mucha gracia vender uno de esos preciados grifos.

—También tengo una sorpresa —anunció el Capitán Ratas—. Ahora podemos permitirnos irnos de vacaciones unas semanas. Vamos a ir a una paradisíaca isla de estilo tropical... ¡Las Bananas!

—¡Viva! —gritó Cuca, evidentemente eufó-
rico.

—¿Las Bananas? —preguntó Sami—. ¿Seguro que se llama así?

Capítulo 12
Las Bananas,
¿vacaciones al fin?

Querido diario:

Hemos llegado a las Bananas. No son las Bahamas, pero la verdad es que se parecen bastante, salvo que están en las cloacas y tienen más o menos este aspecto:

Palmera de plástico

Sombrilla de cóctel

Tiene un montón de arena encima

Columpio →

Una caja de bananas puesta del revés, flotando en las aguas del río →

BANANAS

Mientras escribo esto estoy sentado en el columpio, viendo cómo Cuca construye castillos de arena con forma de tarta.

El Capitán Ratas ha dedicado un tiempo a poner a punto *El Viejo Tallarín* ya no parece un barco viejo y destartalado. He sugerido que

volvamos a bautizarlo como *El Nuevo Tallarín*, pero mi tío y Cuca se han negado en redondo. Para ellos, sigue siendo el mismo y querido barco de siempre.

El Capitán también ha encontrado tiempo para construirme una tabla de surf en condiciones a partir del mango de un peine viejo, y

Cuca me ha ayudado a pintarla de color rojo con rayas amarillas.

Mi tabla de jabón se ha disuelto por completo. Aunque aquí las olas no son tan buenas, al menos puedo ponerme de pie sobre mi nueva tabla y practicar un poco.

También nado cada vez mejor. Ya puedo dar una vuelta completa a la isla, y he probado a bucear. Casi he conseguido ver todas las clases de caca.

Caca de maíz

Ayer sacamos a *El Nuevo Viejo Tallarín* a dar una vuelta de prueba. Los calzoncillos han sido remendados a conciencia, e incluso los hemos lavado. El barco navega como si fuera nuevo. Hemos pasado junto a varios barcos de turistas que se dirigían a Porquería de la Cloaca, y nos hemos quedado muy sorprendidos cuando se han detenido a saludarnos y a sacarnos fotos. «Os hemos visto en el diario», nos decían. Mi tío se ha subido a uno de los barcos y ha empezado a firmar autógrafos, para deleite de algunas señoras escarabajo.

El Capitán parecía realmente contento, y cuando hemos regresado a las Bananas, hemos comido gusanos asados para cenar. Luego, nos hemos sentado junto al fuego y Cuca ha tocado la armónica mientras mi tío y yo cantábamos.

Ya faltan pocos días para volver a casa y a la escuela. Echaré de menos las aventuras y la diversión, al Capitán Ratas, a Cuca, a *El Viejo Tallarín* pescar tesoros y dormir en la hamaca. Pero el Capitán me ha prometido que puedo ir a visitarlos y quedarme

con ellos siempre que quiera. ¡Sí! Bueno, al
fin y al cabo, soy Especialista Aventurero.

Insumergiblemente,
Sami

Antes de abandonar la isla, tuvo lugar un
largo debate acerca de lo que debían hacer con
el otro grifo de oro. Ratas dijo que aún le quedaba bastante dinero de la venta del primero
para poder ir tirando durante algún tiempo, y
Cuca estaba decidido a poner a buen recaudo
el otro grifo.

—Yo digo que lo guardemos en el barco —pro-

puso el Capitán—. De esa manera, podemos vigilarlo de cerca.

—Pero ¿qué pasa con los ladrones y los piratas? —preguntó Cuca con cara de preocupación.

—Los piratas ya son cosa del pasado —dijo Sami, riéndose. Cuca y Ratas intercambiaron una mirada sospechosa.

—Tal vez deberíamos enterrarlo —sugirió este último.

—Una idea excelente, Capitán —opinó la cucaracha, aliviada.

El Capitán Ratas cogió una pala y Cuca empezó a cavar un hoyo en la arena. Estuvo cavando toda la tarde

hasta que el agujero fue lo bastante profundo. Entonces, Sami ayudó a su tío a meter el grifo en su interior.

—Hasta la vista, bonito —murmuró Cuca solemnemente, antes de reconocer ante Sami que nunca había poseído un tesoro de verdad.

—Espero que podamos desenterrarlo dentro de poco —dijo el Capitán, dándole a su ayudante una palmadita en la espalda.

—Nunca se sabe; puede que nos venga bien para financiar nuestra siguiente aventura.

Sami se tumbó bajo la sombrilla de cóctel y observó cómo Ratas y Cuca tapaban el hoyo. Entonces, les escribió una postal a sus amigos.

Queridos amigos:

Siento no haberos escrito en todo este tiempo, pero este ha sido un verano muy ajetreado. Al principio pensaba que iba a aburrirme, pero ¡todo lo contrario! He vivido una aventura sensacional aquí en las cloacas. Primero aprendí a nadar, luego rescaté a mi tío y a su amigo de una cría de humano gigantesca y, por último, SALVÉ la ciudad de Porquería de la Cloaca del desastre de la ropa interior. Ah, y el alcalde me invitó a cenar. Y ¿a que no adivináis qué más? ¡También he estado surfeando! (Ver foto en el diario.) ¿Son grandes las olas en las Bahamas? Tengo ganas de ver vuestras caras bronceadas, y no veo la hora de contaros más cosas, si es que no nos secuestran unos piratas imaginarios, ¡ja ja!

Hasta pronto.

Vuestro amigo, el ahora bastante famoso Sami.
(Especialista aventurero y héroe de la cloaca)

Agradecimientos

Muchísimas y roedoras gracias a mi editora, Alice Swan, por su apoyo incondicional, su acertada asesoría editorial y su gran sentido del humor. También a Alison Padley por su ardua labor y por su estupendo diseño, y a Lucy Rogers por sus útiles sugerencias. Debo agradecer asimismo a mi maravillosa representante, Penny Holroyde, por creer firmemente que podía escribir algo más que un libro de seiscientas palabras con dibujos. A mi marido, Ben, quien no solo respondió preguntas del estilo de «¿Crees que señor Sarna es un buen nombre para una rata?», sino que también tuvo que oírme lamentarme por que mi barriga de embarazada chocara contra el escritorio. Por último, gracias a mi bebé, Meryn, que me acompañó todo el tiempo y llegó en el momento idóneo, ¡justo después de revisar el libro por última vez!

Gracias

20 usos para un calcetín viejo

 Saco de dormir para ratas y hámsters

Funda para cactus (para evitar pincharse)

Funda para queso (para mantener el queso azul húmedo)

Saco para cultivar musgo

Venda de emergencia

 Dispensador de semillas para pájaros

Calentador de orejas para caballos

Bolsa para calentar patatas

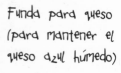

Juguete para perros (metiendo detro una pelota de tenis)

Saquito de té asqueroso

Pasamontañas para gatos

Funda para teléfono móvil

Marioneta

Funda para lápices

Monedero y bolsa para caramelos

Lacito

Guante de emergencia

Sujeta bananas

Nariz de espantapájaros

Juguete para gatos (relleno de hierba para gatos)

¿Se os ocurre alguno más?

Construye tu propio

Viejo Tallarín

Querido humano:

Espero que hayas disfrutado con nuestras aventuras. ¿Qué te parece si hacemos algunas manualidades,

Sami Superpestes

¡Puede que incluso flote!

Necesitarás

Una caja de cartón grande

Munch crunch Crujientes

Crujientes

Dos palos
(lo bastante largos
para hacer de mástil)

Una caja pequeña

Un tapón de botella

Un diario viejo

NOTICIAS ABURRIDAS

RATA come a GATO

Una caja muy pequeña

Pegamento fuerte

Un lápiz

Tijeras

Una hoja de papel

Cinta adhesiva

Hilo

1. Tapar el fondo y los bordes inferiores de la caja grande con cinta para hacerla resistente al agua.

2. Unir las cajas.

Cortar agujero para el mástil

Pegar aquí

Cortar círculos para los ojos de buey

Cortar la puerta

Pegar la caja pequeña sobre la caja grande

3. Hacer el mástil.

Pegar cofa hecha con el tapón y hacer una bandera con el papel

Atar los dos palillos en forma de cruz

ABURRIDO

4. Por último, sujetar vela hecha con papel de diario al palillo horizontal.

Recuerda dejar espacio debajo del mástil para insertarlo en la caja pequeña.

... ya está listo, ¡tu propio Viejo Tallarín! →

¿Por qué no intentas hacerlo FLOTAR en la bañera?!

¡IDEA!

Si quieres hacer algo AÚN más estúpido...

¿por qué no tratas de hacer tu propia CACA DE BROMA?

Moja papel de diario con pegamento disuelto en agua, y luego enróllalo dándole forma de salchicha (¡que quede arrugada!). A continuación, pega pedacitos de papel maché por la salchicha y deja que se seque.

Píntalo de marrón y pega copos de maíz a modo de decoración.

¡Déjalo «accidentalmente» sobre la alfombra y asquea a tu familia y a tus amigos!

No te pierdas
la próxima
aventura de
Sami Superpestes...

¡CON PIRATAS!